小学館文庫

超短編！大どんでん返し Special

小学館文庫編集部 編

小学館

目次

超短編！
大どんでん返し
Special

新釈
『蜘蛛の糸』

森見登美彦

もりみ・とみひこ
一九七九年奈良県生まれ。京都大学農学部大学院修士課程修了。二〇〇三年『太陽の塔』で第十五回日本ファンタジーノベル大賞を受賞し、デビュー。〇七年『夜は短し歩けよ乙女』で第二十回山本周五郎賞、一〇年『ペンギン・ハイウェイ』で第三十一回日本SF大賞を受賞。著書に『四畳半神話大系』『有頂天家族』『四畳半タイムマシンブルース』(原案・上田誠)『夜行』『熱帯』など。

一生懸命のぼった甲斐《かい》があって、さっきまで自分がいた血の池は、今ではもう暗《やみ》の底に何時《いつ》の間にかかくれて居《お》ります。それからあのぼんやり光っている恐ろしい針の山も、足の下になってしまいました。この分でのぼって行けば、地獄からぬけ出すのも、存外わけがないかもしれません。カンダタは両手を蜘蛛《くも》の糸にからめながら、ここへ来てから何年も出したことのない声で、「しめた。しめた」と笑いました。ところがふと気がつきますと、蜘蛛の糸の下の方には、数限りもない罪人たちが、自分ののぼった後をつけて、まるで蟻《あり》の行列のように、やはり上へ上へと一心によじのぼって来るではございませんか。しばらくカンダタは茫然《ぼうぜん》として、それらの罪人たちを見下ろして居りました。

そのとき、カンダタの胸に浮かんできたのは、大泥棒として数知れない人々を苦しめてきた生前の思い出でありました。しかし、カンダタとて大泥棒に成りたくて成ったわけではございません。誰もが他人の命を喰《く》らってでも生き抜こうとしている乱世にあって、いとけない子どもの頃に身ひとつで荒野へ放りだされたカンダタは、それよりほかに生き延びる術《すべ》を知らなかったのです。その罪業によって地獄に堕《お》とされ、血の池地獄や針の山を這《は》いまわっているうちに分かってきたのは、ほかの罪人たちも自分と同じような者たちであるということでした。かつて自分が小さな蜘蛛一匹の命を救ってやったことがあるように、ほかの罪人たちもまたそれぞれに慈悲の心を持って居りましたが、その美しい心を乱世に押し潰《つぶ》されてしまったと言えましょう。それを罪業と呼ぶならそれでもよい。しかし、もしも自分が救われるというなら、ほかの者たちも救われなければならぬ。いつしかカンダタは眼下に蠢《うごめ》く同胞たちへの想いに胸がいっぱいになり、よじのぼってくる罪人たちを大きな声で励まして居りました。

「上がってこい！　どんどん上がってこい！　俺の後に続け！」

ついにカンダタが蜘蛛の糸をのぼりきって、その濡《ぬ》れた身体《からだ》を蓮池《はすいけ》の岸へ投げだす頃には、暗黒の空から垂れてきたという蜘蛛の糸の噂《うわさ》が、英雄カンダタの名とともに地獄の隅々にまで伝わって居りました。救いを求めて各地から押し寄せてくる罪人たちの滔々《とうとう》たる流れは、もはや獄卒の鬼たちにもとどめようがなく、罪人たちは次々と蜘蛛の糸をよじのぼっていきます。

極楽へ流れこんだ罪人たちが見たものは世にも美しい新天地でありました。

そこには色とりどりの花が咲き乱れ、清涼な空気にはなんともいえぬ芳香が漂い、遠くから美しい鐘の音が聞こえてきます。彼らは英雄カンダタのもとに集い、この新天地に「極楽」の名にふさわしい理想の社会を建設することを誓ったのであります。

それから百年の歳月が過ぎました。

壮麗な摩天楼が建ちならぶ街の一角を、カンダタという貧しい詩人が肩を落として歩いて居りました。神話時代の英雄の末裔《まつえい》であることに彼は誇りを持っていましたが、そんなことは現代社会では何の役にも立ちません。どうしてこんなことになってしまったのでありましょうか。かつて始祖たちが地獄から蜘蛛の糸を伝って移り住んできたとき、彼らは極楽の名に恥じぬ理想社会の建設を誓ったはずでした。しかし、その美しい理想は今ではどこにも残って居りません。容赦なく他人を蹴落として摩天楼の頂きを目指すことだけが生きる目的であり、どれほど高くまでのぼれるかということがその人間の価値とされているのです。這い上がれなかったカンダタのような人間は、冷ややかな摩天楼の足下に広がる荒涼たる迷宮を、あてもなくさまようほかないのでありました。

寒風の吹きすさぶ街路に立ち止まって、カンダタは摩天楼を見上げました。あのビルのてっぺんまでのぼることができたら……あそこには極楽らしい世界があるのかしらん？

しかしその日、カンダタはビルの谷底で不思議な場所を見つけたのです。

四方を取り囲むビルによって寒風から守られたその一角は、春のように温かく、白い花の咲く蓮池がありました。カンダタには知るよしもありませんでしたが、その蓮池こそ、百年前、地獄の罪人たちが這い上がってきた場所なのであります。その池を覗《のぞ》きこんでみますと、水の面を蔽《おお》っている蓮の葉の間から、水晶のような水を透き通して、その下に広がる美しい世界を見ることができました。百年前は血の池や針の山であったところに、今では美しい川や森、大きな池がありました。そして色とりどりの花が咲く野原を、お釈迦《しゃか》さまがひとりお歩きになっている姿さえ見えたのです。

「嗚呼《ああ》、そんなところにいらっしゃったのですか」

カンダタは喜びに胸がいっぱいになり、その蓮池に向かって身を投げました。

ビルの谷間の忘れられた蓮池は、ほんの一時だけ波を立てましたが、間もなくその揺れもおさまってきて、なにごともなかったような静寂が蓮の花を包みました。

その玉のような白い花は、ゆらゆらとうてなを動かして、そのまん中にある金色の蕊《ずい》からは、なんとも言えない好《よ》い匂いが、絶え間なくあたりへ溢《あふ》れて居ります。極楽ももう午《ひる》に近くなったのでございましょう。

※本作は芥川龍之介「蜘蛛の糸」から着想を得て、創作した作品です。

黒い雲

阿津川辰海

あつかわ・たつみ
一九九四年東京都生まれ。東京大学卒業。二〇一七年、新人発掘プロジェクト「カッパ・ツー」により『名探偵は嘘をつかない』でデビュー。二〇年『透明人間は密室に潜む』で「本格ミステリ・ベスト10」第一位。二三年『阿津川辰海　読書日記　かくしてミステリー作家は語る〈新鋭奮闘編〉』で第二十三回本格ミステリ大賞〈評論・研究部門〉を受賞。著書に『午後のチャイムが鳴るまでは』など。

高枝切り鋏《ばさみ》を雲に差し込んで、素早く両腕を動かす。今日は曇り空で、高所作業でも汗をだらだらかかなくて済む。

ぼくの近くには空にぷかぷか浮かんだゴンドラが二つあり、片方には霧吹きを持った男が、もう片方には袋を構えた男が立っている。二人とも仕事仲間だ。

ぼくの鋏が雲を切る、なめらかな感触が手に伝わった。ぼくが切り出した雲は、ふかふかで、いかにも柔らかそうだった。

突然命を宿したような勢いで空に躍り出た雲の塊に対して、霧吹きを持った男が素早く液体をかける。すると、袋を構えた男は、空にぷかぷか浮いた切り出し雲を、すかさず袋にしまい、口をしばった。

「なんだか、めでたい気分になるんですよね。これやってると」

霧吹きの男が言った。

「餅つきを思い出すからじゃないか」と袋を持った男が言った。「ついて、こねて、丸める」

「確かに、餅みたいですもんね、これ」

二人が笑うのに合わせて、愛想笑いを浮かべる。同僚だが、彼らの名前は憶《おぼ》えていない。

ぼくには、妻さえいればそれでいい。

　雲は普通、地上に持っていくと霧に変わってしまう。高度が高いから、霧とは質感の違う、あの雲になっているのである。なんとか雲に触れたい、雲の上で寝てみたいという子供じみた夢を叶《かな》えるために、わが社は特殊な技術を開発した。男の持っている霧吹きの中には、雲の状態を固定化する薬が入っている。時を止めてしまうだけなので、雲は柔らかいままなのだ。一度固めた雲は、別の特殊な薬液をかけない限り、霧には戻らない。

「今日の雲はぬいぐるみに使うらしい。また子供が喜ぶだろうな。着色料入りの水を含ませれば、色だって自在だ」

「いつも思うんですが、それってどうなんでしょうね」ぼくは言った。「雲は、空気中の不純物の塊ですから。免疫が弱い子供には悪影響を与えませんかね」

　袋の男が大げさにため息をついた。

「ロマンがないねえ」

「お前はあれだ」霧吹きの男が横から詰め寄る。「花火を見て、炎色反応がどうとか言っちゃうタイプだ」

「かき氷のシロップは全色同じ味だって言うのも同じタイプだな」

　ぼくとしては、揶揄《やゆ》する意味で言ったわけじゃなく、ただ事実を指摘しただけなのだが、受け止め方は色々ある。

「でもこんな奴《やつ》に限って、美人をつかまえるんだよな」

「え、そうなの」霧吹きの男が目を丸くした。「お前、結婚してたのか」

「ええ、まあ」

霧吹きの男は芝居がかった動きで俯《うつむ》いて、「世の中不公平だ」と嘆き節である。

ぼくは苦笑するが、相変わらず、ついていけない。

早く家に帰って、妻の隣で眠りたかった。


その日の夜、家で妻と過ごしていると、インターホンが鳴った。出てみると、あの霧吹きの男がいた。手には日本酒をぶら下げている。

「よう、たまにはお前と飲んでじっくり話すのもいいと思ってな」

ぼくは大いに抵抗した。なぜ家がバレているのか混乱したが、大方、ぼくの妻の顔を一目見ようと、会社で個人情報を盗み見たか、つけてくるかしたに違いない。

霧吹きの男の力は強く、押し返すことが出来なかった。

「へへっ、邪魔するぜ。おっ――」

彼はリビングに足を踏み入れて、動きを止めた。

そこには、黒い雲が鎮座していた。ソファの上にデンと構えて、人間のように座っている。

「お前、こりゃ、大雨の日の雲じゃないか。こんだけ黒けりゃ、雷雨の日の雲かもな。休みの日に勝手に一人で採ったのか？　どうしてそんな危険なことを？」

彼はニヤリと笑った。

「なあ、こういう危険な場所の雲は、プレミアがついて、好事家《こうずか》に高く売れるんだ。どうだ、俺が伝手《つて》を紹介してやるから、その代わり……」

その瞬間、ぼくは彼を刺し殺した。

黒い雲を見られた以上、生かしてはおけない。

雲は大気の不純物の塊だ、と言ったのは、事実を指摘したまでだ。そして、ぼくはその事実にこそロマンを感じている。大勢の人の生きた証《あかし》、町の記憶。雲を手にすると、そうした営みをこの手で摑《つか》んだような気がする。

だから、三年前、口論の末に妻を刺し殺した時、ぼくは雲の中に妻を閉じ込めたのだ。

雲は妻の腐食した体と血を――彼女の不純物、その全てを吸って、黒々と光っている。

恋に落ちたら

一穂ミチ

いちほ・みち

一九七八年大阪府生まれ。二〇〇七年『雪よ林檎の香のごとく』でデビュー。「イエスかノーか半分か」シリーズなど、BLジャンルを中心に活動。二一年に刊行した初の一般文芸作品『スモールワールズ』が本屋大賞第三位など話題に。著書に『砂嵐に星屑』『光のとこにいてね』『うたかたモザイク』『ツミデミック』など。

恥を忍んで言うなら、わたしは彼氏に飢えていた。もう三年以上、彼氏ができなかった。原因が自分にあるのはわかっていながら、それを直す、というか譲ることはできなかった。わたしという人間の本質に関わる部分だから。

「いや、うまいよまじで」

なので、久々にできた彼と食卓を挟んで向かい合うわたしは、とろけそうな笑顔だったと思う。彼はサラダをつつきながら「にこにこしすぎ」と苦笑する。

「嬉しくて」

「もう二カ月経《た》つんだから、いい加減慣れてよ」

彼とは、出会った瞬間に惹《ひ》かれるものを感じた。ひと目見た時のインスピレーションみたいなもの。友人には「そんな衝動的につき合うからいけないんだよ」と呆《あき》れられるけれど、他に知らないのだ、恋の落ち方というものを。幸い、彼もわたしを気に入ってくれたので、交際と同棲《どうせい》がほぼ同時にスタートし、わたしは彼のために朝食とお弁当（休みの日は昼食）と夕食を毎日欠かさず作った。彼が「おいしい」と残さず食べてくれるから、ちっとも苦ではない。

彼はよく噛《か》んで食べるので、口を閉じていてもその旺盛な咀嚼《そしゃく》の動きがわかり、わたしはまた自然と笑みを浮かべてしまう。わたしの手料理をおいしそうに食べてくれる時の彼がいちばん好き。彼は鮮やかなオレンジ色のスモークサーモンをごくりと飲み込み「驚きだよ」と洩《も》らした。

「これが本物の魚じゃないなんて」

「タピオカのでんぷんと海藻グルコースが原料なの。サラダの生ハムもそうだよ、グルテンとか米粉でできてて、着色はビーツ。この後は、大豆と小麦が原料のお肉を焼くね。すっごくジューシーで、びっくりすると思う」

「へえ、楽しみ」

お酒が好きだけどあまり強くない彼は、早くも頰をほんのり染めていてかわいい。ワインもわたしが厳選したワイナリーのもので、不純物を取り除く工程での清澄剤に動物性の材料――卵白や魚由来のゼラチン――を使っていない。

「俺、基本的に肉大好きだからさ、こんな暮らしに馴染《なじ》めるなんて自分でも意外だった。運命かな」

「わたしも、最近思うの。この人を絶対離しちゃいけないって」

「何だよ、最初っからじゃないの」

「好きは好きだったけど、ほら、猫かぶってるだけの可能性もあるし」

男の人はたいてい下心を抱いて近づいてくるので、食生活の方向性が同じだと思って油断しているとすぐに尻尾《しっぽ》を出す。肉も魚も乳製品も食べないよ、と豪語していたくせに、ビーフ百パーセントのハンバーガーやとんこつラーメンをこっそり食べ、わたしはその動物の臭いを嗅ぎとってしまい、そのたびに「ああもう台無し、信じられない」と別れを切り出した。何人、彼氏未満の男と破局したかもう覚えていない。彼はその点とてもクリーンで誠実。わたしにはもったいないくらい、素晴らしい男性だった。

「でもほんとはつらいんじゃない？　我慢してない？」

心配になって尋ねると「してないよ」と快活な笑顔が返ってきた。

「三食うまいもん作ってくれてるし、身体《からだ》の調子もいいんだ。合ってるんだろうなって思うよ」

「ほんと？　わたしは、正直言うとすっごくジャンクなもの食べたくなる時があるんだけど」

「え、そういう時はどうすんの？」

「『チートデイ』を作る日もあるよ、たまにね」

「そんなのもったいないな」

ワインのせいだろうか、彼がひどく熱っぽい目でわたしを見つめるのでどきどきした。幸福感で胸を弾ませながらフェイクミートを焼き、赤ワインを開けた。デザートのラズベリーシャーベットまで平らげると、彼はテーブル越しにわたしの手を握る。

「すべすべだよね」

「え？　恥ずかしいよ」

「いや、まじで。肌も髪も。きっと血もさらさらなんだろうし……口に入れるもんって大事なんだなって思う。身体は食べ物でできてるんだから」

どうしたんだろう、飲みすぎたのかな。彼じゃなくてわたしが。彼のうっとりした口調で、急激に眠気を誘われる。

「――だからさ」

大きな唇から、舌の先が覗《のぞ》く。やけに赤く見えるのはラズベリーのせい？　潤んだ瞳、すこし荒い息は？

「身体にいいものばっかり食べてる女の子の肉って、どこ食ってもめちゃくちゃうまいんだろうなって、二カ月楽しみにしてた」

まぶたが一気に重たくなり、支えきれなくなった。

目が覚めると、テーブルに突っ伏したままだった。シャーベットの器はそのまま残され、赤い色がうっすらと溜《た》まっている。わたしはめまいが残る頭を打ち振って上体を起こし「危ない危ない」とつぶやいた。まさか一服盛られていたなんて。

「薬、多めにしといてよかった」

テーブルの向こうで突っ伏したままの彼から反応はない。わたしはすこし寂しくなって話し続ける。もっと楽しい会話で終わりたかったのに。

「二カ月経つとね、内臓も筋肉も新陳代謝が大体完了するから、あなたの身体は、わたしが選んだ食べ物だけでできてるんだよ。血液と骨はもっと時間がかかるけど、前回のチートデイから間が空いちゃって、どうしても我慢できなくて」

わたしは、わたしの大好きな、クリーンでジャンクな食べ物を見つめる。わたしたち、本当に運命的にお似合いだったんだね。ちょっと残念だけど、食欲には勝てない。

わたしは、彼氏に飢えていた。

イズカから
ユウトへ

浅倉秋成

あさくら・あきなり
一九八九年千葉県出身。二〇一二年『ノワール・レヴナント』で第十三回講談社BOX新人賞Powersを受賞しデビュー。二一年『六人の嘘つきな大学生』でブランチBOOK大賞を受賞。著書に『教室が、ひとりになるまで』『俺ではない炎上』など。漫画「ショーハショーテン!」（作画・小畑健）では原作を担当。

【イズカじゃなくてシズカへ（笑）】

メール読んだよ。てかなんでメール？　普通にラインでよくね……って思ったけど、そういえばシズカはスマホよりパソコンのほうが文字打ちやすいって言ってたな。

てかシズカ、メールだと学校とキャラ違いすぎひん？　なんで一人称「アタイ」なんだよ。クソ笑ったよ。

何にしてもシズカが無事でよかったよ。文化祭の準備中で俺も悪い意味でちょっと舞い上がっちゃって、あんなことになっちゃって……。まさか怪我《けが》をさせちゃうとは思ってなかったし、急なことで俺も動転しちゃってうまく対処できなくて、本当に悪かったと思ってる。冗談抜きで、めっちゃ心配してたんだよ。文化祭の日も休んじゃってたから顔も合わせられなくて。だからメールもらえて安心した。マジでサンキュ。

それと、告白もありがと。

ついでみたいな言い方になっちゃったけど、率直に嬉《うれ》しいよ。シズカがこんなに楽しいメール送ってくれるタイプの女の子だったってことも知らなかったし、俺のことそんなふうに思ってくれていたとも知らなかったから、意外だなって気持ちもおっきいけど、やっぱ普通に嬉しい。高校一年のときも同じクラスだったのに、全然知らなかったよ、シズカのこと。メールのきっかけが俺の起こした事故のせいっていうのが申し訳ないんだけど、でも今はこういう巡り合わせに感謝もしてる……ってのは不謹慎だな。でも嬉しいってのはガチだから、そこは信じて。

でもやっぱゴメン。たぶん知ってると思うけど、俺今、2組のリエと付き合って て、それでやっぱリエのことは裏切れないなって思ってる。シズカの気持ち踏みにじっちゃう形になってマジで申し訳ないけど、告白の返事はNOになっちゃう。

でも本当、メールも、告白も嬉しかったし、シズカとこれまで以上に仲良くなれたらって思ってるのはガチだから、また早く学校に来てよな。俺は全然、気まずいなんて思ってないから、遠慮なくガンガン今まで通りに接して！

んじゃ、また学校で！


【ユウトじゃなくてシュウトより（笑）】


【ユウトくんへ】

メールのお返事ありがとう。

突然のメールで驚いちゃったよね、ゴメンね！

きっとラインで簡単に「メール読んだよ」程度の連絡があるだけだろうって思ってたから、ちゃんとメールで返事が来て結構びっくりだったよ。意外に律儀なんだねユウトくん。アタイ、驚いてるよ。ありがとね。

ユウトくんからのメール、読み上げ機能で全文聞いたけど、まずはやっぱり残念の気持ちが強いな。ユウトくんへのアタイのこの気持ち、やっぱり本物だもん。つきあいたい。本当につきあいたかったんだよ。辛《つら》いなぁ……本当に辛いよ。この想い、きちんとユウトくんに伝えられなかったみたいで、本当に辛い。

気持ち伝えるのって、本当に大変だよね。

ところで、小言が言いたいっていうんじゃないんだけど、この間の事故について、ちょっとだけイヤなこと言ってもいいかな？　イベントの準備ってやっぱり気が昂《たか》ぶるもので、思いも寄らないトラブルが起きちゃうのは領《うなず》ける。アタイたちまだま だ子供で、いろんなことに配慮ができなくなるときがあるのも、理解できる。

でもね、いくら何でも釘のついてるベニヤ板の扱いには、もうちょっと注意深くあるべきだったとアタイは思うよ。あんな棘《とげ》まみれのベニヤ板が落ちてきたら、無事じゃいられないって、普通思うじゃん。事故が起きたのに保健委員に報告だけで、痛がるアタイのこと放っておくって、あれはどうかなって思うよ。結構な量の血も出てたんだから、もうちょっとね、気遣ってくれないと。アタイ女の子だよ？

ってことでユウトくん、メールに「また学校で」って書いてくれたけど、ゴメン。学校にはたぶんもう二度と行かない。ていうか、行けないんだよ。

アタイだってね、本当は「アタイ」なんて打ちたくないの。自分の名前が「イズカ」じゃないのだって、君が「ユウト」じゃないのだって、もちろん理解できてるんだよ。

今度はきちんと読み取ってね、アタイの本当の気持ち。

ユウトくん。心から、つきあいたいよ。

どういても、ユウトくんには、アタイとおんなじ目に遭ってほいいの。

だから、憎い憎いお前の目ん玉と、左手のくうり指、

鋭利な鋭利なナイフで、思いっきり、つきあいたい。

【アタナベイズカ】

客人の思惑

乗代雄介

のりしろ・ゆうすけ

一九八六年北海道生まれ。法政大学社会学部卒業。二〇一五年「十七八より」で第五十八回群像新人文学賞を受賞し、デビュー。一八年『本物の読書家』で第四十回野間文芸新人賞、二一年『旅する練習』で第三十四回三島由紀夫賞、二二年に同作で第三十七回坪田譲治文学賞を受賞。著書に『最高の任務』『パパイヤ・ママイヤ』『それは誠』など。

別荘地をさらに離れた山の麓に、その別邸はある。主人《あるじ》が九月に急逝して以来、傷心の夫人は都内の邸宅から思い出多いこちらへ引っ込んで暮らしている。業者の出入りはあるが、家事は厭《いと》わず手伝いを雇うこともなかった。一人になって初めての冬を共に越そうと、夫人は四人の客人を招いた。

夫人の姿が見えなくなったのは、三日目の朝のことだった。左手の薬指にはめていた指輪だけが玄関で見つかった。ダイヤモンドをぎっしり敷き詰めたエタニティリングを見て、客人たちは騒然とした。

「よく言っていただろう」A氏の声は震えていた。「節くれ立った指のせいで、この指輪はもう外すことができないんだって」

「そうよ」とB氏も落ち着かない様子で同調する。「まさに永遠の愛を示すものだって、冗談めかしておっしゃっていたわ」

「それが外れて、どうしてここに……」C氏は青ざめた顔で首を振った。

広間に戻った三人は警察への通報を相談し始めたが、急にA氏が、もう我慢ならないとばかりにテーブルを叩《たた》いた。そして、広間の隅、暖炉の横に設《しつら》えたソファの方を指さした。そこでは、もう一人の客人が読書に勤《いそ》しんでいた。

「あんた、こんな時に、暢気《のんき》に本なんか読んどる場合かね！」

「探偵さんだとうかがいましたけど」とC氏も言った。「知恵を貸してくれたっていいじゃありませんか」

一枚めくった厚い本のページに目を走らせるばかりの探偵を、B氏だけは黙って見つめていた。

「おい、聞いているのか！」とA氏が叫んだ。

探偵はやっと本から目を離し、うるさそうに一瞥《いちべつ》した。三人は遠くで身構えた。

「聞いていますとも」穏やかに言って、また本に目を落とす。「ただし、今回、私は雇われたんじゃない。あなた方と同じ客として招待された身なんですよ」

「でも、夫人と縁がおありでしょう。ちょっと冷たいんじゃありませんか」

「冷たい？」探偵は溜息《ためいき》をつくと、指を栞《しおり》にして本を閉じた。「あいにく、私はこうして本を読むのに比べたら、人の行方もご縁もご恩も大したこととは思えないのでね。ひと冬を何不自由なく静かに過ごす、そのために招待に応じたんです。とはいえ、思惑通りにいかないことは来てすぐにわかりましたよ」

三人が眉をひそめる中、探偵は重そうな本を片手に立ち上がった。

「あなた方は全員、夫人を快く思っていないようですからね」

三人はぎょっとして、横目でお互いを確認し合った。

「無理もないことです。夫人はお世辞にも立派な人物とは言えませんでしたから。家庭的な一方で、恵まれた自分を鼻にかけるところもありました。昨日、庭園を一緒に散歩なさっていたAさんが、夫人を置いて怒ったように歩き去るのをお見かけしましたが、大方そういうことでしょう」

目を見開いてたじろいだA氏に、探偵は近づいていった。

「あなたは金が絡むと感情の抑えがきかない人間らしい。気に食わない話にカッとなって立ち去るのも衝動なら」と言って、指を挟んだままの本をA氏の頭上に振り下ろし、寸前で止めた。「こういう動作も衝動です」

「何をする！」A氏は頭を手で覆ったまま怒鳴った。

「知恵を貸してくれと言われたので、仕方なく考えているんですよ。わざわざ読書を中断してね。しかしあなたなら、手をかけたところで指輪を放っておかないでしょうね」

「無礼者！」

「Bさんは」意にも介さず探偵は続ける。「大学時代、亡くなったこちらのご主人と深い仲だったとか。夫人はずっと、お二人がこの別邸でたびたび関係を持っているのではと疑っていましたよ。今のところ、証拠になりそうなものは年甲斐《としがい》もない手紙ぐらいのものでしたが、ここらを探せばまだ出るでしょう」

「な、何を言うんです！」とB氏は明らかに動揺した。

「私がどこまで知っているかはご想像にお任せします。Cさんがこの別邸をどうにかして手に入れようとしていた件も同様です」

口に手をやって震え出したC氏を、探偵は見もしない。

「そうして色々聞かされるうち、私は体《てい》よく用心棒として招かれたことに気付いたわけです。しかし恐ろしいことに、それすらも表向きだったようですよ。なにせ夫人は、欲しいものは全て手に入れようとする方でしたから」

探偵は、そろそろ重みに耐えかねたという風に、手にしていた本をテーブルへ開き置いた。その拍子に、挟んでいた指が床に転がり落ちた。指輪の跡がくっきり付いた、節くれ立った薬指が。

B氏とC氏の甲高い悲鳴が上がった。

「昨夜、栞が手近になかったもので」探偵は微笑を浮かべ、近くの椅子に腰を下ろした。「我慢ならないものですよ。静かな夜の読書を、体を触ってくる厚化粧の醜い女に中断させられるというのは」

三人は息を呑《の》んで、至って冷静な顔つきの探偵を見た。

「そこでご相談です。この殺人を夫人の失踪事件にすべく、協力していただけませんか？ もちろん、皆さんの思惑も勘定にお入れしますよ」

訪ねてきた女

竹本健治

たけもと・けんじ

一九五四年兵庫県生まれ。七七年、大学在学中に雑誌「幻影城」で『匣の中の失楽』を連載し、作家デビュー。二〇一六年刊行の『涙香迷宮』で『このミステリーがすごい!』二〇一七年版国内編第一位、第十七回本格ミステリ大賞を受賞。著書に『ウロボロスの偽書』から始まる「ウロボロス」シリーズ、『瀬越家殺人事件』など。

吾平《ごへい》という者、大の酒好きで、その日も寄合の酒宴に与《あずか》り、したたかに呑《の》んで、ようやく帰途についたのはとっぷりと日も暮れた頃だった。

家は遠い村はずれ。うねうねと続く道は草ぼうぼう。どんよりと濁った雲に月も隠されて、そんななかを提灯《ちょうちん》片手に危なっかしい足取りで歩いていく。そして首の欠けたお地蔵さんの横を通り過ぎたしばらく先。何か大きな軟らかいものを踏んづけた感触に、思わずひゃあと声をあげかけた。

だが、顰《しか》めっ面で五、六歩もよろめき歩くと、もうすっかりそんなことも忘れてしまって、再び上機嫌の鼻唄まじり。そしてそのまま家に戻ると、すぐに寝床にもぐりこんだ。

どれほど時がたった頃だろうか。ほとほとと戸を叩《たた》く音に眠りを醒《さ》まされ、こんな夜中にどこのどいつだと眼をこすりこすり戸をあけると、そこに立っていたのは夜目にも色の白さが浮き立つ若い女。夜分に申し訳ありませんが、もしやこちらに同じ年頃の男が訪ねてきませんでしたかと尋ねる。いいや、そんな男は知らねえなと答えると、女はがっくり気落ちした様子で、そのままその場にクナクナと頽《くずお》れそうになった。吾平は慌ててその体を支え、大丈夫かね、とにかくしばらく休んでいきなせえと、女を座敷の端に座らせた。

女が言うには、夫が日暮れ前、ちょっと水を汲《く》んでくると出かけたまま、いっこうに戻ってこない。とうとうひと時も過ぎて、居ても立ってもいられず捜しに出た。いつも水を汲んでいる川辺には人の気配もなく、夫の名を呼んでも驚いたように騒ぐフクロウの鳴き声ばかり。そうなるともう後ろから火をかけられたような想《おも》いで、道やら藪《やぶ》やら見境なく踏みまろび、さんざん迷いに迷った末にこの家を見つけて、藁《わら》にも縋《すが》る気持ちでお訪ねしたのです、と。

そばで見れば見るほど美しい女だった。透けるように蒼白《あおじろ》い肌に流れる黒髪がほつれかかり、俯《うつむ》けた眼もとだけがほんのりと紅《あか》く、滲《にじ》むように染まっている。その紅色に吾平は胸の奥をぎゅっと捕まえられたような気がした。

ひとしきり語ったあと、女は急にあいけないと首を振り、こうしてはいられません、捜しに行かなければと遽《あわただ》しく出ていく構え。吾平は慌てて、そりゃ無茶だ、こんな夜中に無闇にあちこち捜しまわったって、うまく見つかるどころか、崖やら淵《ふち》やらに足を滑らすのがオチだ。もしかしたらあんたの夫は無事で家に戻っているかも知れないのに、そんなことになっちまったら目もあてられねえ。かと言って、今は自分の家にも戻れないほどすっかり迷っちまってるんだから、ここは朝になるまで待ったほうがいいと、懸命に宥《なだ》めすかした。

女も次第に気が鎮《しず》まった様子で、おとなしく腰を戻し、吾平もほっとしながら囲炉裏の残り火で明かりを灯《とも》そうとしたが、しばらく項垂《うなだ》れていた女がふと小首を傾《かし》げるので、どうしたのかと尋ねると、か細い声で、なぜだかあんたからあの人の匂《にお》いがする、と。そんなわけはねえ。いいえ、うっすらとですが確かにと、女は吾平の体に鼻を近づけた。

はじめはくすぐったい想いでいたが、女がくんくんと鼻をすり寄せてくる様子が尋常でなく、吾平はだんだん気味悪くなった。ほら、やっぱりあんたから匂ってくる。かすかに血の匂いまで。あんた、いったいあの人をどうしたんだえ。言いながら縋りついてくる女に押し倒され、そのままのしかかってこられて、吾平は肝《きも》が縮みあがった。

女の顔が眼の前に押しかぶさる。大きく突き出してぐりぐりと動く目玉。横にパックリと裂けた口。あれだけ白かった肌は、今は緑と茶色を扱《こ》き混ぜたようで、いちめんヌラヌラと気味悪く濡《ぬ》れ光っている。蛙《かえる》だ！　蛙の化物だ！　思いきりわーっと叫んだところで眼が覚めるともう朝で、鳥がチュンチュクとやかましく囀《さえず》っていた。

体じゅうびっしょりかいた汗を拭い拭い、そうか、そういうことだったのか。これは気の毒なことをした。手厚く葬ってやらにゃあ。そう思うとすぐさま家をとび出し、昨夜の帰り道を逆戻りに辿《たど》っていった。そうして首の欠けたお地蔵さんの手前でいっそう眼を凝らして捜しまわったところ、ひときわ丈高く繁《しげ》った草叢《くさむら》の陰で、無惨に踏みつぶされた大きな茄子《なすび》が見つかった。

返

夢の小説

藤崎　翔

ふじさき・しょう
一九八五年茨城県生まれ。高校卒業後、お笑い芸人として活動。二〇一四年『神様の裏の顔』で第三十四回横溝正史ミステリ大賞を受賞し、小説家デビュー。著書に「おしい刑事」シリーズ、『お隣さんが殺し屋さん』『時間を止めてみたんだが』『指名手配作家』『逆転泥棒』『読心刑事・神尾瑠美』『三十年後の俺』『守護霊刑事』『逆転美人』『モノマネ芸人、死体を埋める』など。

都内の一等地に建つ豪邸。その客間で、家の主《あるじ》である若手作家と、担当の編集者が打ち合わせをしている。その作家は、公募の新人文学賞を二十代半ばで獲《と》って華々しくデビューしたのち、これまでベストセラーを連発してきたが、最近はスランプに陥り、二年近く新作を発表できずにいた。

「悪いね。いつまで経《た》っても新作のストーリーが浮かばなくて」

作家が革張りの高級ソファに深く腰掛け、高級葉巻をくゆらせながら言った。

「いえ、とんでもございません」

編集者はこの作家よりも年上だが、敬語を使ってうやうやしく頭を下げた。

「毎日必死に考えてはいるんだけどね、どうにも煮詰まっちゃうんだよ。ここ最近は眠りも浅くて、毎晩夢の中でも新作のストーリーを考えるようになっちゃってさ」

「夢の中でも、ですか？」

「そう。といっても、小説のようにドラマチックな夢を見るというわけじゃないんだ。夢の中でも俺は、机に向かって小説のストーリーを考えてるんだよ」

「へえ、それは大変ですね」編集者が同情的にあいづちを打った。

「だから、毎晩枕元にメモとペンを置いて、夢の中でいいストーリーを思いついたらすぐに起きて、寝ぼけながらメモを書くようにしてるんだけどさ。そういうストーリーって、書いてる時はものすごい傑作のような気がしてるんだけど、朝起きてから読んでみると全然だめなんだよな。序盤のアイディアはいいんだけど、中盤以降は全然辻褄《つじつま》が合ってなくてさ。起承転結でいうと、起の部分はまあ面白いのに、承のあたりからおかしくなって、転結にいたってはもう支離滅裂なんだよ。最近はもう毎朝のように、ベッドの上でメモを読み返しては、『なんじゃこりゃ、こんなのがヒットするわけないだろ！』って叫んで、メモをびりびりに破り捨ててるんだよ」

「そんな御苦労をされてるんですか……」編集者が大げさにうなずいた。

と、そこで作家が身を乗り出して、ささやくように言った。

「でも、それを繰り返してるうちに、いい考えを思いついたんだ。――どうかな、そんな小説を、思い切って出版しちゃうっていうのは」

「えっ？」編集者は目を丸くした。「いや、先生の原稿を頂けるのはありがたいんですけど……正直、物語の後半は支離滅裂なんですよね？」

「そこなんだけどさ、小説の中盤に差しかかるあたりのページに、揮発性の麻酔薬を染み込ませておくんだよ」

「麻酔薬？」

「ああ。要はそのストーリーってのは、夢うつつの状態で読めば傑作のように感じるわけだろ。だから、完全に眠っちゃうほどではないけど、読みながら頭がぼんやりする程度の麻酔薬を、物語の中盤で読者に嗅がせれば、傑作だと勘違いするんじゃないかな」

「なるほど……それはいいアイディアですね！」

「作家が夢の中で考えた支離滅裂な小説でも、読者が夢うつつで読めば、最高に面白いと感じてくれる。作家にとっても読者にとっても、まさに『夢の小説』さ」

前代未聞の試みではあったが、その作家は出せば必ずヒットするほどの売れっ子だったので、出版社は提案に乗った。半年後、物語の中盤の数ページに独自開発した麻酔薬を染み込ませるという、秘密の製本工程を経た、その作家の新作小説が発表された。

それは、たちまちベストセラーになった。

「読んだ後に内容を振り返ってもなぜか思い出せないけど、とにかく最高に面白かった」

「面白すぎてストーリーを忘れてしまうぐらい、とにかく型破りな傑作だった」

そんな読者の感想が、ネット上のレビューにも数多く寄せられた。もちろん出版社は、いくら版を重ねても映像化や電子書籍化は絶対にしなかった。

しかし、売り上げ部数が百万部に達しようかという頃、事件は起きた。製本工場で麻酔薬を多く染み込ませすぎるミスが発生し、読者が相次いで昏睡《こんすい》状態に陥ってしまったのだ。そのため、その本は「死の本」「呪いの本」などと恐れられ、ついには絶版に追い込まれ、作家は世間から白眼視されてしまった。

ところが、作家が独自に事件の真相を調べるうちに、驚くべきことが分かった。麻酔薬の一件はミスなどではなく、製本工場の従業員たちが全員、地球滅亡をもくろむ宇宙人に入れ替わっていたのだ。作家と編集者は地球を救うべく、製本工場を装った宇宙船に潜入し、宇宙人たちと死闘を繰り広げ――。

と、ここまで読んだところで俺は、四畳半のボロアパートの煎餅布団の上で、チラシの裏にメモしたアイディアをびりびりに破り捨てて叫んだ。

「なんじゃこりゃ、こんなのが新人賞を獲れるわけないだろ！」

皇帝

野﨑まど

のざき・まど

二〇〇九年『[映]アムリタ』で第十六回電撃小説大賞〈メディアワークス文庫賞〉を受賞し、デビュー。著書に「バビロン」シリーズ、『小説家の作り方』『2』『パーフェクトフレンド』『know』『タイタン』など。テレビアニメ「正解するカド」ではシリーズ構成と脚本を、劇場アニメ「HELLO WORLD」でも脚本を手がける。

侍女が恭しく部屋の清掃の許可を求めた。姿見の前に立つ男は一瞥《いちべつ》もくれずに促す。掃除などどうでもよかった。頭の中は今なお続く戦争の始末と、自身の進退でいっぱいであった。

一九一八年十一月。

ドイツ皇帝ヴィルヘルム二世は窮境に立たされていた。

遡《さかのぼ》ること四年前、一九一四年より始まった第一次世界大戦はヨーロッパ全域を炎に包み込んだ。激しい戦火の中でヴィルヘルムが治めるドイツもまた疲弊していた。長引く食糧不足、増員され続けるアメリカ兵力、敗色はもはや誰の目にも明らかであった。

同時に国内では困窮した市民が蜂起し、ヴィルヘルムの退陣を求めるデモが全国に広がっている。皇帝は廃位しろ、帝政打倒すべし……。研ぎ澄まされた革命の刃が彼の喉元に迫っていた。

それでもなお、姿見に映る男には、未《いま》だ王者の威厳が残されている。齢《よわい》五十九を数える男の顔に、勲章の如《ごと》き口髭《くちひげ》が佇《たたず》む。整えられた八の字、その裾野が天に向かって反り返っている。それは彼の異名《皇帝《カイゼル》》を冠して後世に《カイゼル髭》と称される、皇帝の威光そのものである。

ヴィルヘルムは心を静め、自身と向かい合った。終わってはいない。まだ逆転の余地が残されている。

彼は今日、前線たるベルギーの大本営を発《た》ち、祖国はベルリンを目指す。そこで数十万の市民に向けて演説を行うつもりでいた。革命の熱をそのまま自身の支持へと変えるために。不安はない。世界覇権政策《ヴェルトマハトポリティーク》を打ち出した時も、ロシアに宣戦布告をした日も、国民を導いたのは常に皇帝の言葉《カリスマ》であったのだから。

卓上の剃刀《かみそり》を取り上げて再び姿見に向かう。髭だけは必ず自分で整えると決めていた。男は口元に刃を当て、そうしてふと思う。

今この髭を片方だけ剃《そ》り落としたらさぞ大変なことになるだろう……。

想像が広がる。怒れる市民の前に髭が片方しかない皇帝が現れる。嘲笑と罵倒の嵐が吹き荒れ、石が飛び交い、壇上を引きずり降ろされ、皇位を剝奪され、小突かれ、子供に馬鹿にされ、シュタイフ社から片髭のテディベアが売り出されることだろう。

そんなことがあってはならない。髭が無くなればドイツが終わる。つまり絶対に剃り落としてはいけないのだ。絶対に。絶対にだ！

やってしまった。

床に落ちた片髭を呆然《ぼうぜん》と見下ろす。理由はわからない。知らぬ間にストレスが溜《た》まっていたのかもしれない。ほぼそのままの形で横たわる髭が、皇室御用達の剃刀の切れ味を物語っていた。拾って貼り付ければなんとかなるかもしれない。

「失礼しまぁす」

侍女の無慈悲な箒《ほうき》が髭を連れ去った。男の手から滑り落ちた剃刀の光は、帝政の終わりを告げる儚《はかな》い流星のようだった。

黒いブーツが祖国の土を踏みしめる。

ヴィルヘルム二世はドイツへと戻っていた。だが向かった先は首都ベルリンではなく、ドイツ中央部・ブロッケン山を取り巻く深い森の中である。

王家の伝承によれば、この森に本物の魔法使いが住んでいるという。

彼はそのような荒唐無稽な話を信じる人間ではなかった。だがもう魔法にでも縋《すが》る他ない。すぐに髭を生やさなければ全てを失ってしまう。

はたして男が暗い森を分け入ると、霧の向こうに古びた小屋が現れた。戸を叩《たた》けば中から薄汚れた老人が顔を出す。

「貴殿が伝説の魔法使いか」

「へぇ」

老人が答える。その風体は貧しい農夫にしか見えない。

「魔法使いらしくないな……もっとこう、ローブとか、帽子とか……」

「仰《おっしゃ》る通りで。いやあたしもね、見た目で判断されることが多いもんですから、仰々しいローブだのそれっぽい帽子だのが欲しいなと常々思っちゃいるんですがね。いざ探しますとしっくり来るやつが中々……」

「いや、いい。大丈夫。魔法使いに見える。それより頼みを聞いてくれ」

ヴィルヘルムは小屋の中で事情を話した。老人は苦い顔をする。

「髭を生やす魔法はございやせん」

「無いのか、本当にか」

「うちの魔術書にはねぇですな。けど旦那、もっと凄《すご》い魔法ならございやすよ」

老人は一冊の古文書を持ち出してきた。

「これはあたしの一族に伝わる秘義中の秘義、一度きりしか使えない大魔法、《望むものを何でも手に入れる魔術》です」

「なんだと。それで髭が手に入るのか？　捨てられてしまった私の髭が」

「時を超え、場所を超え、世界の枠組みすらも超えて遍《あまね》きものに手を伸ばす秘術でさぁ。旦那が髭を剃り落としてから掃き取られるまでの一瞬の間、そこを突いて髭を攌《つか》み取ってみせやしょう」

「頼む、ドイツを救ってくれ」

老人が本を開く。描かれた魔法円に向けて怪しい呪文を唱え始める。

「ダイド《開け》・ンデ《闇の》・ンガエシ《扉》……ダイド《開け》・ンデ《闇の》・ンガエシ《扉》……」

魔法円の中央に暗い穴が開かれていく。老人はその穴に右手を差し入れ、最後の呪文を叫びあげた。

「ニジュウ《時を》・ロク《超えて》・ページノ《望むものを》・【シ】ノ《我が》・トコロ《手に》！」

老人が息を呑む。

「摑んだ！　手応えありでさぁ！　これが旦那の髭にちげぇねぇ！」

「見事なり！　これで帝政ドイツは救われる！　皇帝よ永遠なれ！」

引き抜かれた手に握られていたのは、それっぽい魔法使いの帽子だった。

ヴィルヘルム二世はオランダに亡命した。

矜持

小川 哲

おがわ・さとし

一九八六年千葉県生まれ。東京大学大学院総合文化研究科博士課程退学。二〇一五年『ユートロニカのこちら側』で第三回ハヤカワSFコンテスト大賞を受賞しデビュー。一七年刊行『ゲームの王国』で第三十八回日本SF大賞、第三十一回山本周五郎賞、二二年刊行『地図と拳』で第十三回山田風太郎賞、第百六十八回直木三十五賞、同年刊行『君のクイズ』で第七十六回日本推理作家協会賞を受賞。

「記事を書いたのはお前だな」

タクシーを降りたところで、背後から男にそう声をかけられた。深夜まで続いた入稿作業を終えて、会社から帰宅したところだった。僕は後ろを振り返った。コートを着た体の大きい男が立っていた。短く切った髪を金色に染めていて、夜なのにサングラスをかけていた。僕は恐怖を感じるより先に、どこか感心していた。芸能人や有名人を自宅の前で待ち伏せするのは普段の自分の仕事だった。僕はどうやら、生まれて初めて逆の立場に置かれたようだった。

「なんの話ですか？」

「惚《とぼ》けても無駄だ。お前があの記事を書いたことはわかっている」

「惚けたつもりはありません。僕は毎週たくさん記事を書いています。あなたが言っているのが、ミドリムシのサプリに関する記事のことなのか、女子高生の間でルーズソックスが再び流行《はや》っていることに関する記事なのかがわからないんです」

「俺がミドリムシやルーズソックスに興味あると思うか？」

「じゃあ鳥取県のPR記事かな。それとも、山田仁《やまだじん》の薬物使用に関する記事かな」

「それだ！」と男が怒鳴った。「山田仁だ」

山田仁はアイドル出身の売れっ子俳優だった。

「あの記事のせいで山田仁がどうなったかわかっているか？」

「出演する映画が公開中止になり、四本のCMが差し替えになり、主演が決まっていたドラマを降りることになりました。そして今朝未明、彼は自殺しました」

「詳しいじゃないか」

「続報記事を書いている途中なので」

「こういうことがあると、非常に困る人がいる。そして、俺は困った人を助ける仕事をしている」

「残念ながら、僕が手助けできることはなさそうです。今から記事を取り下げたところで山田仁は帰ってきません」

「そんなことはわかってる!」と男が急に怒鳴った。「俺が言っているのは、落とし前の問題だ!」

「落とし前?」

「俺の依頼人はとても怒っている。あの記事のせいで数億円がパーになったからな」

「何が目的なんですか? この場で僕に憂さ晴らしをしようっていうんですか?」

「もちろん、お前の出方によってはその可能性もある。だが、依頼人は寛大な人物だ。誰かがお前に記事のネタを提供して、お前は記事を書いた。お前の仕事は記事を書くことだ。お前は自分の仕事をこなしただけだ」

「その通りです。別に山田仁に個人的な恨みがあったわけではありません」

「依頼人は、ネタを提供した人物に怒っている。どうせそいつも、山田と一緒に薬物を使っていたんだろう。もしかしたら山田に薬物を売った人物かもしれないな。とにかく、山田仁を殺し、多くの関係者の人生をむちゃくちゃに破壊しておいて、自分だけタレコミ料で儲《もう》けているわけだ。そんなことが許されると思うか？」

「僕には誰かを許したり、許さなかったりする権限がありません」

「お前には二つ選択肢がある。一つは、この場でネタを提供した人物の名前を俺に教え、握手をして帰宅し、ぐっすりと眠って朝を迎えるというものだ。もう一つは、俺の依頼人を怒らせた人物を庇《かば》い、さらに依頼人を怒らせるというものだ。後者の選択肢はおすすめしない。俺の依頼人はお前が所属する出版社の社長と仲良しでね。お前を二度と業界にいられなくすることくらい簡単にできる」

「それは残念です。別に誇りを持っているわけではありませんが、今の仕事にはそれなりに満足しているので」

実のところ、僕は提供者の本名を知っているわけではない。だが、提供者がどういう人で、山田とどういう関係かは知っている。それらの情報があれば、提供者を特定するのは容易だろう。

「たいした根性だな。友人でもない人間を守るために、仕事を失ってもいいと言うんだな」

「仕方ありません。昔から、地元で居酒屋を開く夢があったんです。いい機会なので夢を実現することにします」

「お前を業界から干したくらいで俺の依頼人が満足すると思うなよ。その居酒屋が潰《つぶ》れるまで商売の邪魔をしてやる」

「それは困りますが、名前は教えません」

「仕方ない」と男は胸元に手を伸ばし、コートの内側から拳銃を取りだした。拳銃を見た瞬間、僕はあまりの驚きと恐怖に「あっ」と情けない声を出してしまった。

「どうせお前はここで死ぬ。冥土の土産《みやげ》で依頼人の名前を教えてあげよう」

男が銃口をこちらに向けた。

「山田仁だよ。仁は俺の命の恩人でね。最後に何か言うことはあるか？」

僕は咄嗟《とっさ》に「まだ死にたくないです」と口にした。

「でもお前は提供者の名前を口にしなかった。こうなった以上、お前をやってから俺も死ぬ」

僕は必死になって、「そんなことしても山田仁は喜びませんよ」と月並みなことを言った。

「いや、これは俺なりの落とし前なんだ。三秒待ってやろう」

男が「三……」と言った。提供者のことを教えようかと考えてから、やっぱりできないと思い直した。

「二……一……〇」

僕は死を覚悟して目を瞑《つむ》った。

そのまま長い時間が経《た》った。昔、「死ぬ瞬間の時間が引き延ばされる」という記事を書いたことを思い出した。あの記事は正しかったのだと感心した。

「おい」と男の声がした。僕は目を開けた。銃口から火が出て、男はその火でタバコに火をつけた。

「ライターだったんですか？」

「ああ」と男はうなずいた。「ヤバいネタがあって、誰に売るか決めかねていた。山田なんかよりもずっと大物のスキャンダルだよ。いくらで買い取ってくれる？」

僕は大きく息を吐いてから「ネタを聞いてから決めます」と言った。

侵入者

織守きょうや

おりがみ・きょうや
一九八〇年ロンドン生まれ。早稲田大学法科大学院卒業。二〇一三年、第十四回講談社BOX新人賞Powersを受賞した『霊感検定』でデビュー。一五年『記憶屋』で第二十二回日本ホラー小説大賞読者賞を受賞。著書に「木村&高塚弁護士」シリーズ、『響野怪談』『花束は毒』『学園の魔王様と村人Aの事件簿』『隣人を疑うなかれ』など。

好みのタイプの女が通り過ぎたので、後をつけることにした。

年齢は、三十代前半といったところか。女は、駅とは反対方向に向かって歩いている。時間帯を考えると、仕事を終え、自宅へ帰るところだろう。

女は途中でコンビニに寄った。レジ袋が透けて、缶ビール一本と、つまみの小袋が見えている。

すぐに食べられそうなつまみと冷えたビールを今買ったということは、ここからさほど遠くない距離に住んでいる可能性が高い。それに、買い物の量から考えると、おそらく一人暮らしだ。

女が俺に気づいている様子はない。

コンビニの先は、もう住宅街だ。人通りも減ってきた。

女は狭い児童公園のすぐ脇にある小さなマンションに入って行く。

五階建てのマンションだ。入り口に電気の消えた看板が出ていて、一階に歯科医院が入っていることがわかった。ということは、玄関ロビーまでは誰でも入れるはずだ。

女がエレベーターに乗りこむのをガラスドア越しに確認したが、俺の位置からは、角度的に、階数表示は見えない。

玄関ロビーへの入り口には防犯カメラがある。カメラに映らないだろう角度と距離を意識して再び玄関の様子をうかがうと、集合ポストが見えた。スマホのカメラでズームして確認する。二段目の右端のポストにだけ表札がなかったので、この部屋だ、と確信した。若い女の一人暮らしだと、表札を掲げていないことが多い。

ポストと部屋の位置が対応しているなら、二階の右端の部屋が女の居室だ。

俺はマンションの左側に回り、すぐ隣にある公園へ入った。

思ったとおり、公園からは、二階以上の部屋の窓とベランダが見える。

右端ということは、ここか——と一つの窓を眺めていると、カーテンが開き、さっきの女が顔を出した。

窓を開けてベランダへ出てきた女は、上着を脱ぎ、缶ビールを片手に、風を楽しむかのように目を細めている。着替えもせずに、早速飲み始めたらしい。

俺は慌てて木の陰に隠れる。

しばらくすると、女は部屋の中に引っ込んだ。窓ガラス越しにカーテンが引かれ、その姿は見えなくなる。

そのとき、彼女が窓に鍵をかけなかったのを、俺は見逃さなかった。

あの高さなら、登れる。一階のベランダの柵を足がかりにして、雨どいやパイプを伝って、あの部屋まで行ける。

思わず口元が緩む。興奮をなんとか押し殺し、マンションに背を向けた。住宅街だから、もう一、二時間もすれば、ほとんど人通りはなくなるはずだ。壁を登って侵入するところを目撃される心配もなくなる。

駅の近くまで戻って食事を済ませ、百円ショップで滑り止めつきの軍手を買って、俺はマンションへと舞い戻った。

公園から確認すると、部屋の電気は消えている。カーテンと窓は閉まったままだ。

俺はマンションの左側面の壁を登り始める。一階の歯科医院はとっくに閉まっていて、ベランダの手すりをよじのぼっても、誰にも見咎《みとが》められる心配はない。

俺はものの数分で、女の部屋のベランダにたどりついた。

胸を高鳴らせ、唇を舐《な》めて、手袋をはめた手で窓ガラスをスライドさせる。やはり、鍵はかかっていない。

音をたてないよう、そうっと開けた窓とカーテンの隙間から室内に身体《からだ》を滑りこませ――愕然《がくぜん》とした。

そこは、期待していたような、女の一人暮らしらしい部屋ではなかった。

何もない。テーブルもソファも、家電の一つも。空っぽ、がらんどうだ。

一瞬部屋を間違えたのかと思ったが、そんなことはありえない。あの女は、この部屋の窓から顔を出した。その証拠に、窓の鍵は開いていた。

どういうことだ。

引っ越したばかりなのだろうか。しかし、段ボールの一つもない。女がいないのは、外出しただけかもしれないが、こんな何もない部屋で暮らしているのだとしたら、あの女はどこかおかしい。

あの女はそもそも実在するのか、まさかすべては俺の妄想だったのかなんて、馬鹿げた考えまで浮かんでくる。

俺はただ、その場に立ち尽くした。


マンションを出て歩き、駅が見えてきたとき、ふと、窓の鍵をかけただろうか、と不安になった。

かけなかったような気がする。仕事に慣れてきた今くらいの時期が一番ミスをしやすいから気を緩めるなと、先輩に言われていたのに。明日、鍵を返す前に確認に寄らなければ。何もない部屋とはいえ、誰かが入り込みでもしたら責任問題だ。

不動産仲介業の仕事を始めて二年。

そろそろ職場近くに引っ越そうかと思っている、と社長に伝え、仕事の後で毎日一軒ずつ、よさそうなマンションを内覧させてもらっている。もちろんオーナーも了承済だ。

本当は、内覧中の室内で飲食はしてはいけないのだが、知らない窓からの風景を眺めながらこっそりビールを飲むのが最近の楽しみになっていた。

さて、明日はどの物件を内覧しよう。つまみは何がいいだろう。

彼女は、飲み終わったビールの缶と食べ終えたチーズナッツミックスの小袋を、ビニール袋に入れて口を縛り、駅のゴミ箱に捨てた。

幽霊屋敷

芦花公園

ろかこうえん

東京都生まれ。二〇二〇年、カクヨムにて発表した「ほねがらみ―某所怪談レポート―」が話題となり、二一年同作を改題した『ほねがらみ』でデビュー。著書に『異端の祝祭』『漆黒の慕情』『聖者の落角』『とらすの子』『パライソのどん底』『食べると死ぬ花』がある。

はい、来ました、ゆがみんオカルトちゃんねる。

今日のゲストは林檎坂《りんござか》46のゆみみ。豪華ですね〜。

おっ、霊能者の霧島葉子《きりしまようこ》も来てくれた。

中野で一番有名な心霊スポットということですからね、気合も入ります。なんでも、引っ越してきた住人が、次々と謎の死を遂げる家だとか。ちなみに、ここ五年は新しい入居者はいないようですね。

おっと、ゆみみ、顔が真っ青だよ？　霊感とかあったりして。

玄関の鍵は壊されてるね。早速入って……おお、靴が揃《そろ》えられてる。何人分？　十人くらいいない？

俺は靴脱ぐけど、君たちは土足でいいよ。埃塗《ほこりまみ》れだし、何か刺さったりしたら危ないでしょ。

霧島さん、なんか見つけた？　二階？

じゃあちょっと早いけど、上がっちゃおうか。

ん、何だろうあの音。奥の和室かな？

ああ、襖《ふすま》が、開いたり、閉じたり。何度も繰り返しているね。

お婆《ばあ》さんがいます。

ん？　首？

うわ、ほんとだ。首が逆についてる。うわ、それで前、見えてるの？ はいはい、怒ってますね。お婆さんを刺激しないように。霧島さん、ゆっくりね、ゆっくり降りましょう。

一階に戻ってきました。

どうします？ まあ、そうですね、せっかく来たんだから、やはり噂《うわさ》の居間に。

ここでね、五年前、後藤《ごとう》さん一家五人、お父さん、お母さん、娘一人息子二人、折り重なって死んでいたとか。外傷はなかったそうですが、何故かこの部屋は、洗っても洗っても血痕が浮き出てきて、消えないんだって。

それではお邪魔します。

うわ、いるいる。います。ゆみみ、見えない？ やっぱり霊感はないのかな。

五人全員、君のこと見てますけど。

霧島さん、どうしたの？ ああ、お祓《はら》いするんですね。

はい、静かにしています。

霧島さんはその辺のインチキ霊能者じゃなくて、割と本気で解決できる人らしいので、俺は尊敬してます。それでは、お祓いに集中しましょう。

……。

……。

ええと、これで終わりなんですかね。

確かに様子は変わりましたけど。

長女の成美《なるみ》ちゃんが大声で叫んでいるし、男の子二人はお口の中が真っ黒ですけど。

ううん、苦しそうですね。三人もお子さんがいると、お父さんと、お母さんは、大変ですね。お金も無くなるし。だから事故物件なんかに住まなきゃいけなくなっちゃったし、それでもお金が無くなって、一家心中する羽目になっちゃったんでしょうか。

危ない？　一刻も早く離れた方がいい？

はい、そうかもしれません。

じゃあ、倒れちゃったゆみみは置いといて、退散しますか？

しないんですね、霧島さん。皆はとっくに逃げちゃったのに。さすが、立派です。

でも、玄関にも沢山いるし、ちょっと出るの難しくないですか？

ああ、お風呂場ですね。はい、行ってみましょう。

あー、ダメですね。ここもいます。

グロいのちょっと苦手です、申し訳ないですけど、おじさんがスープ状になったのとかはちょっと。

そもそも、床を這《は》ってる女の人は誰なんですか？　霧島さん、足、気を付けて！
あ、お婆さんが降りてきちゃった。
うるさくしたから、ますます怒ってます。
顔は逆についてるから、想像ですけど。
集まってきちゃいましたね。
でも、皆、思い思いに、好きなことをしてるだけなんですよ。
幽霊って、死んでも、ルーティンワークっていうのかな、自分がやってたことを、
ずっと繰り返しているだけなんですよね。
後藤さん一家はガス心中当日のドタバタ。
佐藤《さとう》さんは娘さんに階段から突き落とされたときのまま。
中島《なかじま》さんはお風呂で手首切って寝ちゃったからだし……ごめんなさい、床の女性
は把握してない。
人が死んだら皆集まって、お葬式。玄関で靴を揃えるのも常識でしょ？
あ、この辺で終わりですか、お疲れ様です。
出て行かせることはできませんでした、ってひどいじゃないですか。
ここは元から俺の家でーす笑

或る告白

伊吹亜門

いぶき・あもん

一九九一年愛知県生まれ。同志社大学卒業。二〇一五年「監獄舎の殺人」で第十二回ミステリーズ！新人賞を受賞、一八年同作を連作化した『刀と傘　明治京洛推理帖』でデビュー。一九年、同書で第十九回本格ミステリ大賞を受賞。著書に『幻月と探偵』『雨と短銃』『京都陰陽寮謎解き滅妖帖』『焰と雪　京都探偵物語』など。

ある男を殺してやろうと思ったのがそもそもの始まりでした。

いえいえ、お笑いになってはいけません。本当なのです。その男は古くからの知り合いでして、詳しい身上は伏せますが、とにかく私にとっては道義上許せない出来事があり、必ずこの手で息の根を止めてやるのだと固く心に誓ったのです。

しかし、思い返せば起伏の少ない人生でした。高校を出てから今の会社に入り今年で四十一年目になりますものの、二十五で社内結婚致しました妻にも一昨年先立たれ、子どももおらず、ここ最近は殊更《ことさら》判で押したような日々を送っておりました。そんな平々凡々な日常に久々の刺激をもたらしたきっかけが、今までの人生からすれば対極とも云《い》うべき殺人の計画だったとは、本当に人生とは何があるか分からないものです。

余談はさておき、とにもかくにもそうして私は人殺しを決心致しました。しかし本題はこれからです。手段と計画。形振《なりふ》りさえ構わなければ人を殺《あや》める術《すべ》など幾らでもある訳ですが、憎い相手のために残りの人生を棒に振るのも業腹です。

ではどうすべきか。露見しにくいという点で見れば、殺人それ自体を周囲に認識させない、つまり行方不明や自殺、もしくは事故だったと思わせるような方法が良いようにも思われます。しかし一方で、行方不明とするためにはどうしても死体を隠す必要があり、それには当然運びやすいよう死体を解体する問題などが伴いますので、私のような素人では諦めざるを得ません。自殺に関しましては論外です。そんな殊勝な男ではありませんから。

では事故しかないかと考えておりました矢先、私は、奴《やつ》が自宅のガレージを改装するという噂《うわさ》を耳にしました。しかも塗装業者などには頼まず自分で塗料やシンナーを買って作業するのだそうです。作業中の有機溶剤中毒に見せ掛けて殺すという筋道が見えたのは、まさにこの時でした。

手段は決まりました、残りは計画です。実は私、根っからの推理小説ファンでして、働き始めた当時は食費を削ってでも月々の新刊や国内外の古典を貪るように読んだものでした。それゆえ読者としては人後に落ちない自信もありまして、多少は人殺しに関する知識も持ち合わせていたのです。

そんな私が考えます完全犯罪の条件は、「計画は極力シンプルに」と「自分独りで完遂出来る事」でした。

何も殺人に限った話ではございませんが、緻密な計画ほど一度躓《つまず》くと修正が利かなくなって無残な結果に終わる事が多く、また不可能は分割せよとは申しますものの計画に携わる人間が増えるほど露見のリスクは大きくなります。それら二点に注意しながら私が考えたのはこんな計画でした。

まず度数の強い酒を手土産に奴の自宅を訪ね、強《したた》かに酔わせた上で有機溶剤の缶と一緒に浴室に閉じ込めます。浴室を選んだのはそこが密閉しやすく、また何か痕跡が残ったとしても後から洗い流す事が出来るためです。一時間程度閉じ込めて死亡を確認した後、死体をガレージに運び入れて、その傍らに蓋を開けた塗料と希釈用の有機溶剤を置きます。そうすれば、傍目《はため》には酔った勢いで塗装作業を開始した奴が途中で倒れ、そのまま死んだように見えるではありませんか。

勿論《もちろん》、見落としはないかの確認は何度も致しました。私の訪問を隠すのは当然の事、塗装作業中と思わせるためには衣装もそれに合わせる必要があります。また、ある程度までは壁も塗っておかないと怪しまれるかも知れませんから、奴がどう塗り直そうと思っているのかを知っておく必要もありました。思いつく限りの懸念点や可能性をノートに列挙して、解決策を順々に練っていく訳です。

しかし、それらを繰り返している内に私は段々と妙な気持ちになっていきました。何の事はなく、私が現にやっているこの検討は、一編の推理小説として活かせるのではないかと思ったのです。

ええ、そうなのです。ここまでお話しすれば一部の方にはお分かり頂けたかと存じますが、これこそ今回M＊＊賞受賞の栄に浴しました拙作「勧告者《かんこくしゃ》の殺人」のアイデアとなった訳でございます。

肚《はら》の底の殺意と推理小説ファンとしての未練が拮抗《きっこう》し始めました矢先、何とも妙な巡り合わせですが、奴は交通事故に遭い呆気《あっけ》なく死んでしまいました。それ故、私は一も二もなく原稿用紙に向かう事を決めたのです。

一念発起して何かを為《な》すには遅すぎるだろうと諦めておりました。しかし折角頂いた機会です。ペンが持てなくなるその日まで精一杯頑張ってみたいと思います。

何より、同じ殺人計画でもこれならば人様の目を気にする必要もないのですから。

最後になりましたが、拙作をお選び下さいました選考委員の先生方に厚く御礼申し上げ、甚だ簡単ではございますが受賞者の挨拶とさせて頂きます。

もう一度だけ念押ししておきますが、奴の死は飽くまで不幸な交通事故であり、私は何も関係しておりませんので悪《あ》しからず。

この度は誠にありがとうございました。

すずらんの妻

森 晶麿

もり・あきまろ
一九七九年静岡県生まれ。日本大学大学院芸術学研究科博士前期課程修了。二〇一一年『黒猫の遊歩あるいは美学講義』で第一回アガサ・クリスティー賞を受賞。著書に「黒猫」「花酔いロジック」「偽恋愛小説家」シリーズ、『超短編！ ラブストーリー大どんでん返し』『探偵と家族』など。

「なんでもっと早く帰ってこんかったん？」

すずらんの花が咲き乱れる庭先に立ち尽くしていると、縁側から鋭い声が降ってきた。美那《みな》の妹だ。五年前はまだあどけなさの残る高校生だった。

「久々だな、梨花《りか》」

「気安く呼ばんで。人殺し。今までどこで何をやっじょったんよ？」

讃岐《さぬき》訛《なま》りを聞くのも、何年ぶりか。ポケットの缶ビールを取り出してプルタブを引いた。

「東京で、いろんな職を転々とね」

上京してすぐは昔付き合いのあった漫画家のアシスタントをしたが、結局は食っていけずデザイナーへ、それも難しくなると小さな広告会社の営業職に。だが才能のなさが露呈して半ば促されるかたちで離職し、この二年はタクシーの運転手をしていた。

「ここにおったら、姉ちゃんの仕事手伝ってご飯にも困らんやったのに。男のプライドが許さんかったん？　それともほかの理由？」

美那はフラワーデザイナーで結構稼いでいた。たしかに彼女の下で働いていれば、今みたいな苦労はせずに済んだ。ビールを大きくひと口流し込む。できれば梨花の質問をビールとともに胃袋で消化したかった。

「きれいになったな」と言うと、梨花は顔を真っ赤にした。

「し、シゲにぃのそういうとこ嫌い。そんな感じで浮気ばっかしよったんやろ、どうせ」

「いいや。片時も美那のことを忘れたことはなかったよ」

そう、この五年、美那を忘れたことはなかった。恋愛もこれといってしていない。

「なら、なんで……姉ちゃん、シゲにぃが帰ってくるんをずっと……誰とも再婚せんと……」

判を捺《お》してある離婚届をテーブルに置いて家を出たが、提出しなかったようだ。彼女は生きている間は俺を手放したくなかったのだ。病気にさえならなければ、きっと今も。

「それにしても、五年前はまだすずらんなんて庭の隅に二、三本しかなかったのにな」

「姉ちゃんの想いや。これがシゲにぃへの自分の気持ちやから言うて、毎日毎日丁寧に育てとったん。すずらんの花ことば、知っとる？〈むなしい愛〉やて」

梨花は言いながら泣き出した。

「人殺し、人殺し……姉ちゃんが会いたがっとるんを知っじょったくせに……」

梨花の小さな拳が俺の背中を叩《たた》いたが、最後には濡《ぬ》れた頬が力なくもたれ掛かった。梨花の秘めた想いには、結婚当初から気付いていた。今は、誰に気兼ねする必要もないが――。

美那からの手紙は病棟から毎日届いた。住所を変えても、その都度探偵にでも探らせるのか、また届いた。返事は出さなかった。返すべき言葉が、とくに見当たらなかったのだ。

「姉ちゃん、シゲにぃに食べさせたい言うて、シゲにぃの好きな餃子《ぎょうざ》よう焼いとった。自分はもう食べられもせん体やったのに。『あの人帰ったら、これ冷凍しとくけん出して』言うて。いまも冷凍庫に、一つだけ眠っとるんよ。今からでも食べてあげて」

「……帰りの便に間に合わない。そろそろ失礼する。美那に線香を上げられてよかった。この庭も見られたし、梨花にも会えた。思い残すことは何も……」

「ろくでなし！　なんでこんな人を姉ちゃんは……不憫《ふびん》やわ……」

声を震わせる梨花の頭を一度だけ撫《な》でた。梨花は睨《にら》みつつも拒絶はしなかった。

俺はそのまま、かつての住処《すみか》を後にした。梨花は追ってはこなかった。それから空港へ向かう途中の河原で、美那からの手紙を焼き捨てた。彼女の名誉のためにも灰にしてしまうのが一番だろう。

最後の一通。封筒が燃えた時に五月の青い風が吹いて中の手紙が一部、燃えかけた状態で舞い上がり、「死ね死ね死ね死ね」という呪詛《じゅそ》が踊りながら消えた。

家を出る少し前から、美那は俺が梨花に気があるのではと勘繰り、そうに違いないと勝手に確信するようになっていた。ならば今のうちに俺を殺して完全に自分のものにする——そう思った彼女は、毎晩餃子の具材にすずらんを混ぜた。幸い、食後すぐに眩暈《めまい》を覚えたので、以来食べずにこっそり捨てるようにしていた。が、そんなことがひと月も続き、ようやく俺は悟った。いくら愛があっても、殺意を止めることはできない、と。それで、家を出たのだった。

さっき梨花は「なんでもっと早く」と問うたが、生きているうちは不可能だった。その判断が正しかったことを、〈むなしい愛〉という花ことばにナイフを持たせたような、強い強い毒性をもつすずらんの咲き乱れる庭が、今日しずかに教えてくれたのだ。

井村健吾の話

澤村伊智

さわむら・いち

一九七九年大阪府生まれ。二〇一五年『ぼぎわんが、来る』で第二十二回日本ホラー小説大賞を受賞し、デビュー。一九年「学校は死の匂い」で第七十二回日本推理作家協会賞〈短編部門〉、二〇年『ファミリーランド』で第十九回センス・オブ・ジェンダー賞特別賞を受賞。著書に「比嘉姉妹」シリーズ、『怖ガラセ屋サン』『一寸先の闇　澤村伊智怪談掌編集』など。

「禿《は》げたな」

「黙れメタボ」

振り返ると男性二人が、グラスを片手に笑い合っていた。禿げた方の名札には「木元浩平《きもとこうへい》」、太った方には「斎藤琢磨《さいとうたくま》」と書かれている。名札を見なければ誰が誰だか分からない。僕は斎藤くんに訊《たず》ねた。

「元気？」

「言うなよ。煙草止《や》めたらこのザマだ」

「俺も」と木元くん。

「二人とも吸ってたんだね。知らなかった」

そう言って、僕は語らう二人から離れた。黒板の大きな文字を眺める。

〈○×中学校第十九期卒業生三年二組　同窓会〉

古びた教室。二十人ほどの中年の男女が、飲み食いしながら語らっている。懐かしい気持ちで僕はあちこちのグループを渡り歩いた。隅で女性数人が身を寄せ合っていて、うち一人が泣いている。僕は声を掛けた。

「大丈夫？」

彼女は手元のケーキを見つめたまま笑顔を作ったが、すぐまた涙を零《こぼ》す。

「三枝《さえぐさ》ちゃん。盛り上がるん、こっからやで」

関西弁の女性――森《もり》さんが言う。

「ごめんね。こ、こんなに楽しくていいのかなって」

三枝さんは目頭を押さえながら答えた。

「僕も楽しいよ。久々に会えて」

「あんた昔から涙もろかったしなあ」

「たしかに、僕にも三枝さん、すぐ泣くイメージがあるよ」

「体育祭の、クラス対抗リレーとか」

「卒業式とか」

「せや、あと調理実習で皿割った時とか」

「覚えてないや。森さん、それどんな流れだった？」

「このスパゲッティ美味《おい》しいわあ」

「どんな流れだった？」

「心配かけてごめん。お詫《わ》びに芸します」

三枝さんがケーキを一口で食べ、周りが一斉に拍手した。僕がぽかんとしていると、誰かが手を叩《たた》いた。

「はい皆さん。改めて永遠の中三、井村健吾《いむらけんご》くんを偲《しの》びましょう」

と、遺影を教壇に置く。学ランを着た、ひ弱そうな少年だった。

井村、イム、井村くん、と皆が口々に呼びかけ、手を合わせる。それが済むと思い出話に花を咲かせる。黒板の隅にいつの間にか〈兼　井村健吾くんを偲ぶ会〉とあった。僕は気付く。記憶が曖昧なこと、みんなの顔と名前が一致しないこと、改めて考えると誰も僕の言葉に反応していないこと、全ての理由に思い至る。

井村健吾は、僕だ。

僕はずっと前に死んでいて、誰にも見えていないのだ。

思った瞬間、僕は虚空に溶けた。

しばらくの間、教室スタジオは静まり返っていた。

「消えた？」「消えたよ」

誰かが言って、誰かが答えた。また別の誰かが口を開く。

「よし、これでほぼ確定だ。みんなで同時に偲べば、あいつは帰る」

空気が弛緩《しかん》し、皆が一斉に片付けに取りかかる。

「今年は写真とだいぶ違ってたよな？」

「見てないよ。学ランは着てたけど、顔は肉っぽい赤で」

「今年は凄《すご》く話しかけてきたね」

「せやな。シカトしても食い下がりよった。こんな風にめちゃくちゃ顔近付けて」

「やめてよ」

三枝がまた泣き出す。

「なあ、斎藤」

黒板を拭いていた木元が、傍らの斎藤に訊ねた。

「マジで忘れたんだけど、最初に企画したの、誰だっけ？」

「訊《き》かない約束だぞ」

「だったな」

黒板消しを叩《はた》きに木元は窓の方へ向かい、斎藤は胸を撫《な》で下ろした。

自分だった。自分と森と、あと数人で企画したことだった。

久々の同窓会だ。再会を祝うだけではつまらない。卒業間際に死んだ「井村健吾」なる架空の同級生を作って、同窓会で追悼しよう。人物像を作り込み、雰囲気のある教室スタジオを借り「泣ける」同窓会ムービーを作って世界に配信しよう。

反対意見は出なかった。会は盛り上がり、三枝に至っては遺影の前で涙を流しさえした。数百人分の顔写真をソフトで自動合成した、作り物の遺影に。動画の再生回数は微々たるものだったが、いい記念になったと斎藤は思った。

二年後、一同は再び同じセットに集ったが、そこに「井村健吾」がいた。遺影そっくりで人の言葉を話したが、人ではないと肌で分かった。

話しかけてきた。

答えた同級生五人はその場で倒れて死んだ。

扉も窓も開かず電波も繋《つな》がらない。八時間後に「井村健吾」は消えたが、理由は今も分からない。

翌年、同級生の親族が次々不幸に見舞われ、大勢が死んだ。「同窓会を開かなかったせいだ」と誰からともなく意見が出て、更に翌年、同じ頃に再び集まった。そこに「井村健吾」が現れた。何時間か共に過ごすと消え、翌年また現れて消え、それが繰り返された。

動画を撮って八年。今回初めて「井村健吾」を帰す方法が分かり、斎藤は安堵《あんど》していた。

「なあ」木元に声を掛けられた。

「どうした」

「これで終わりじゃないよな。来年もやんなきゃだよな」

「ああ」

「何で？」

「当然だろ。帰せたからって二度と戻ってこないとは限らな――」

「斎藤、違う……！」

木元の震え声がして、斎藤は気付いた。全身が粟立《あわだ》つ。

「ねえ、何で？」

いないはずの同級生が、赤い顔を近付けて訊ねた。

昼下がり、
行きつけの
カフェにて

結城真一郎

ゆうき・しんいちろう
一九九一年神奈川県生まれ。東京大学法学部卒業。二〇一八年『名もなき星の哀歌』で第五回新潮ミステリー大賞を受賞し、デビュー。二一年「#拡散希望」で第七十四回日本推理作家協会賞〈短編部門〉を受賞。著書に『プロジェクト・インソムニア』『救国ゲーム』『#真相をお話しします』がある。

「──で、夏海《なつみ》に相談っていうのはね」

凛《りん》と顔をあげた彼女の黒髪が、肩口のあたりでふんわりと揺れた。

店内BGMやキッチンの喧騒《けんそう》が遠ざかり、コーヒーカップに伸ばしかけていた私の手は止まる。なんだろう、と紡がれる言葉に耳を澄ます。

「ストーカーされてると思う」

「えっ⁉」

「たぶん……いや、絶対に」

なんとも不穏な話ではないか。自然と私の眉間には皺《しわ》が寄る。

「ふとしたときに視線を感じたり、誰かに尾《つ》けられてる気がしたり」

「嘘《うそ》でしょ？」

とはいえ、あり得ない話でもないか。

とびきり美人というわけではないけれど、たしかに彼女は人の目を惹《ひ》きつける何かを持っている。なんとも言えない不思議な華やかさがある。困ったようなハの字形の眉に、笑うと消えてなくなる人懐っこい目、つんと澄ましたような天然のあひる口。これだけで並大抵の男子諸君はイチコロだろう。

でも、だからと言って決してあざといわけではなく、手を叩《たた》きながら大口開けてケタケタ笑ってみせたり、人目も憚《はばか》らず大好物だという塩ラーメンを学食でズズと啜《すす》ってみせたり、講義に遅れまいとキャンパスの並木道を全力疾走してみせたり——そうした所作の一つひとつがどれも飾り気なく、自然体で、妙に愛くるしいのだ。

「最近はもっといろいろヤバくてさ」

「いろいろ？」

「差出人不明の小包が届いたり、郵便受けに手紙が入ってたり」

「怖すぎるって」

「読む限り、四六時中見張ってるとしか思えない」

「警察には？　誰か心当たりはないの？」

「うーん……」

「あいつじゃない？　田伏《たぶせ》。同じゼミの」

なんの根拠もないし、田伏にしてみたらとばっちりもいいところだが、たしかに彼にはそう思わせるような資質があった。常に教室の隅で一人パソコンの画面と睨《にら》めっこしており、ゼミ生たちとも必要最低限の会話を交わす以外は基本黙《だん》まりを決め込むだけ。分厚いメガネの向こうに鎮座する虚《うつ》ろな目はいつもじっとりと湿り気を帯びていて、それは時折彼女に向けられている気がしないでもない。

「いやぁ、どうだろう。たぶん違う気がする」

「どうして？」

「だって、特に接点もないし」

「はぁ？　そういうやつのほうがむしろでしょ」

まったくお人好しというか、甘いというか——と内心苦笑してしまうけれど、こういうところもこの子の美点だよなあ、とは思う。先入観や偏見を持たず、憶測でものを言わない。飾り気なく、自然体で、ともすれば周りに流されてしまいがちに見えて、ぶれることのない確たる芯のようなものが、彼女には一本通っているのだ。

「じゃあなに、他に思い当たる節でもあるの？」

彼女は俯《うつむ》き加減のまましばし唇を引き結んでいたが、やがて意を決したのか、先ほどと同じく凜と顔をあげる。

「なくは……ない」

「え、そうなの？」

「うん」

「誰よ」

しかし、彼女は頑《かたく》なに口を閉ざすばかり——どうしてだろう。憶測でものを言うべきではないが、別に言うだけならタダだ。違ったら違ったで構わないし、こんな状況なのだ、むしろ可能性は幅広に検討すべきだと思うのだけど。いや、もしかし

「いまもこのカフェにいるとか?」

だから、本人に聞かれたらまずいとか?

瞬間、彼女の小さな肩がビクッと跳ね上がった。探るような——ひどく怯えた視線が一瞬だけ寄越され、そのまま慌てたように店内を見回し始める。

え、なに？

釣られて私も周囲を探ってみる。

全二十席ほどが整然と並んだ、大学からほど近い個人経営のカフェ。大通りに面した窓から差す午後の陽光が空間を優しく包み、流行《はや》りのJ－POPをオルゴール調にした柔らかなBGMが会話を邪魔しない程度に流れている。席は、ちらほらと埋まっているくらい。こちらに背を向けて新聞を広げるサラリーマン、互いにストローを咥《くわ》え意味深な沈黙を楽しむカップル風情、タブレット端末でなにやら作業する大学生と思《おぼ》しき集団。この中に問題の人物がいるのだろうか。一見しただけでは、誰も彼女に興味があるとは思えないけれど。もしかして、客ではなく店員？　うーん、でも、だとしたらそもそもこの店を相談場所に選ばないよな――

「出よう、夏海」

伝票を手に、やおら彼女が立ち上がる。

「え、どうしたの？」

「いいから、出よう」

「ねえ、待ってよ！」

有無を言わさぬ、鬼気迫る様相でレジへ向かう彼女と、その連れの女——篠宮《しのみや》夏海の背中を見送りながら、私は飲みかけのコーヒーカップに手を伸ばす。

もし、いまの話が事実だとしたら大変だ。それとも、むしろこのタイミングで知れてよかったと言うべきか。二人がいなくなり、ぽっかりと空虚になった左斜め前のテーブル——そこに彼女の残像を見つつ、私は心に決める。

大丈夫、何があってもあなたのことは自分が守ってみせるから。

そう書いた手紙を、今夜いつものように投函しておくとしよう。

契約書の謎

柚月裕子

ゆづき・ゆうこ

一九六八年岩手県生まれ。二〇〇八年『臨床真理』で第七回『このミステリーがすごい!』大賞を受賞し、デビュー。一三年『検事の本懐』で第十五回大藪春彦賞、一六年『孤狼の血』で第六十九回日本推理作家協会賞を受賞。著書に『盤上の向日葵』『ミカエルの鼓動』『教誨』、エッセイ集『ふたつの時間、ふたりの自分』など。

額に浮かんだ汗を、森垣《もりがき》はハンカチで拭った。

ショッピングモールのテラス席を指定したのは自分だが、真夏の屋外は思っていた以上の暑さで、年金暮らしの年寄りにはかなり堪《こた》えた。森垣は暑さに耐えながら、飲みたくもないのに頼んだホットコーヒーを、じっと見つめた。

兼子《かねこ》コーポレーションの社員――下田《しもだ》が森垣のところへやってきたのは、一年ほど前だった。質《たち》の悪い不動産業者で有名な会社だった。

下田は兼子のサイン入りの契約書を渡し、森垣が所有している土地を相場の五分の一で売るよう迫った。森垣は首を縦に振らなかった。父親から譲り受けた大事な土地を二束三文で手放すつもりはなかった。

しかし、下田による嫌がらせは日を追うごとにひどくなり、とうとう半月ほど前には家の裏からボヤが出た。直感で下田の仕業だとわかった。身の危険を感じ、仕方なく手を打つことにした。

やがて、待ち合わせ場所のテラスに下田がやってきた。向かいの席に座り文句を言う。

「なんで、こんなくそ暑いところにしたんだよ。ところで――」

下田はすぐに本題にはいった。

「持ってきたかい」

森垣は自分のセカンドバッグから、売買契約書が入った封筒を取り出した。中身を抜き、シャツの胸ポケットに入れていたボールペンを手にする。

下田は怪訝《けげん》そうに契約書を覗《のぞ》き込んだ。

「なんだ、書いてきたんじゃないのか」

森垣は、用意してきた返答を口にする。

「目の前で書けば、私の直筆だと疑われないだろう。他人が書いたものだと難癖をつけられるのはごめんだ」

サインを書き終え契約書を封筒に戻すと、下田が顎でボールペンを指した。

「それ、ちょっと見せてくれや」

森垣の心臓が飛び跳ねた。心で自分に、落ち着け、と言い聞かせながらボールペンを渡す。封筒は、テーブルの陽《ひ》が当たっているところに置いた。上からホットコーヒーが入ったカップを置くのも忘れなかった。

下田は四方からボールペンを見ている。森垣の背を、暑さのせいではない汗が流れた。

ボールペンは、父親から貰《もら》った高級品だった。しかし、中身は違う。市販のこすると消える——熱で透明になるタイプのものに替えていた。契約書を交わす場所を暑い屋外にしたのは、サインを熱さで消すためだった。熱くなる場所に置き、さらに上から熱い飲み物を置く。これで確実にインクは消える。下田が気づいたときは、もう遅い。森垣はこのあとすぐ、タイ行きの飛行機に乗る。もう日本には戻らない。土地は一生、兼子たちのものにはならない算段だった。

まさか細工を見破られたのだろうか。下田はボールペンを森垣に差し出しながら言う。

「いいものだな。この縁周り、プラチナだろう」

森垣は安堵《あんど》の息を吐いた。どうやら細工には気づかなかったようだ。ボールペンを受け取りながら、カップの下にあった封筒を下田に渡す。下田はなにも疑わず、引き上げていった。下田がいなくなると森垣も席を立ち、急いで空港へ向かった。

「ばかやろう！　まんまと騙《だま》されやがって！」

兄貴分の兼子の怒声が、社長室に響く。下田は詫《わ》びながら、ひたすら兼子に頭をさげた。

「すみません、本当にすみません！」

事務所に戻り契約書を見ると、あるはずの森垣のサインがなかった。わけがわからないまま、今日の一部始終を兼子に伝えると、兼子はソファの背もたれにもたれ盛大な舌打ちをくれた。

「高級ボールペンの中身を、熱で消えるタイプのインクに替えたんだ。お前はじじいに、いっぱい食わされたんだよ」

怒りと驚きで身体《からだ》が震える。兼子はそばにいた部下に、瞬間冷却スプレーを持ってくるよう命じた。下田を見ながら、自分の頭で小突く。

「お前はここが悪いから知らんだろうが、一度消えたインクは冷やせばもとに戻るんだ」

部下が瞬間冷却スプレーを持ってくると、兼子は中身を契約書に吹き付けた。兼子の言うとおり、空白だった署名欄にインクが浮き上がってくる。

「出てきた——出てきましたよ。兄貴！」

兼子が得意げに笑う。

「あのじじいより、俺のほうが上手だったってことさ」

しかし、兼子はすぐに顔色を変えた。下田も自分の目を疑う。浮き上がってきた文字は、判別できないほどぐしゃぐしゃだった。

「くそじじい、サインをする前に適当な文字を何度も書いて消していたんだ。復元する文字は、最後に書かれたものだけじゃない。それまでに書かれた全部だ。くそ、これじゃあ、どうにもならねえ！」

兼子が契約書を破り、部屋を出ていく。下田はその場に、がっくりと膝をついた。

二人の
マリー・テレーズ

真梨幸子

まり・ゆきこ

一九六四年宮崎県生まれ。多摩芸術学園映画科卒業。二〇〇五年『孤虫症』で第三十二回メフィスト賞を受賞し、デビュー。著書に『殺人鬼フジコの衝動』『5人のジュンコ』『聖女か悪女』『フシギ』『一九六一 東京ハウス』『シェア』『さっちゃんは、なぜ死んだのか？』『4月1日のマイホーム』『ノストラダムス・エイジ』など。

十年ほど前、有休をとって三泊五日でパリに行ったことがある。はじめての一人旅。特に目的があったわけでもパリにこだわりがあったわけでもないが、格安ツアーのその価格に惹《ひ》かれて、つい申し込んでしまった。恋人のことで、姉と喧嘩《けんか》したのも理由のひとつだったかもしれない。

二日目だったか。フランス革命の史跡を見て回っていた私は、パリ三区の区役所前に立っていた。かつて、ここにはタンプル塔があったという。タンプル塔といえば、ルイ十六世とマリー・アントワネット、そしてその子供たちが幽閉されていたことでも有名だ。両親が処刑されたあとも、その子供であるルイ十七世とマリー・テレーズ姉弟の幽閉は続いた。幽閉生活は相当に過酷なものだったという。ルイ十七世は残忍非道な虐待を日常的に受け、ついには獄死した。十歳だった。

一方、姉のマリー・テレーズは弟の死の翌年、幽閉を解かれて他国へ亡命、その後は王太子妃として七十三歳まで生き、天寿をまっとうする。

さて、このマリー・テレーズにはエルネスティーヌという遊び相手がいた。二人は姉妹のように育てられたという。いや、本当の姉妹だったらしい。エルネスティーヌはルイ十六世が侍女に産ませた庶子で、マリー・テレーズとは母違いの姉妹というわけだ。

この逸話は、行きの飛行機の中で読んだ旅行ガイドで知った。

「え？　ルイ十六世に隠し子？」

初耳だったのでずいぶんと驚いた。それ以上に驚いたのが、旅行ガイドに載っていたマリー・テレーズの肖像画だ。マリー・テレーズは母親似だったとどこかで読んだ気がするが、母親であるマリー・アントワネットに似ていないのだ。マリー・アントワネットは「ハプスブルク家の顎」といわれる特徴的な顎をしていたが、マリー・テレーズの顎はそれではない。

もしかして。……マリー・テレーズはどこかで異母妹エルネスティーヌと入れ替わったのではないか。

例の旅行ガイドでは、ルイ十六世とその家族がタンプル塔に幽閉される直前に、エルネスティーヌは教育係とともに逃亡した……とあった。そのときに入れ替えが行われたのでは？　逃亡したのはマリー・テレーズで、エルネスティーヌはマリー・テレーズとしてタンプル塔に幽閉されたのではないか。

つまり、エルネスティーヌは、マリー・テレーズの身代わりとなったのではないか。

なんで、こんなときに、マリー・テレーズとエルネスティーヌのことを思い出したのか。

私は、足元に転がる姉の顔を改めて見た。

私とおんなじ顔、私とおんなじ遺伝子を持って生まれた、双子の姉。でも、その境遇はまるで違う。私は金持ちの男に見初められタワマンの最上階に住んでいるが、姉はヒモ男とともに六畳一間の安アパートで糊口《ここう》を凌《しの》いでいる。

だからって、なんで、自殺なんかしようとしたの？　借金がすごすぎて、首がまわらなくなった？　それとも、あの男に新しい女ができた？

ほらね、罰があたったんだよ。私の彼氏を奪うからさ。

あれほど言ったのに。あいつは、クズの中のクズだよって。仕事しないよって。女癖悪いよって。暴力もすごいよって。あいつといても、全然幸せにはなれないよって。

という私も、幸せからは程遠い。お金には困ってないけれど、愛がない。家賃百五十万円の部屋は、まるで牢獄《ろうごく》。幽閉されているようなものだ。こんなだったら、あのヒモ男のほうが全然まし！

……ね、お姉ちゃん、交換しない？　私たちの人生。私の代わりに、あの牢獄に住まない？　そしたら、私があのヒモ男を引き取ってあげる。

そう妹に提案されたのは、一年前。

今、わたしはタワマンの最上階に住んでいる。確かに、ここは牢獄のようだ。

でも、それがずっと続くとは限らない。近いうちに、解放されるはずだ。だって、夫には少しずつ毒を食べさせている。「塩分」と「糖分」という毒を。生活習慣病のデパートと言われている夫の体が限界を迎えるのは、そう遠くないだろう。なにしろ、夫は八十を過ぎた老人だ。

そういえば、妹はどうしているんだろう? まったく連絡がない。噂もきかない。あのヒモ男に、風俗にでも沈められたか。わたしがそうされたように。それとも、保険金をかけられて——。そう、あのとき、わたしは自殺しようとしていたのではない。あのヒモ男に殺されかけていたのだ。

ほんと、かわいそうな妹。

妹が言っていた、マリー・テレーズとエルネスティーヌの入れ替わり説。それが本当だったとして、逃亡したマリー・テレーズがその後、幸せな人生を歩んだのかどうかは不明だ。もしかしたら、革命軍につかまって、ランバル公妃のように惨殺された可能性だってある。

そう、惨殺された可能性も。

幻景・
護持院原の敵討

谷津矢車

やつ・やぐるま

一九八六年東京都生まれ。駒澤大学文学部歴史学科考古学専攻卒業。二〇一二年「蒲生の記」で第十八回歴史群像大賞優秀賞受賞。一三年『洛中洛外画狂伝 狩野永徳』でデビュー。一八年『おもちゃ絵芳藤』で第七回歴史時代作家クラブ賞作品賞受賞。著書に『しょったれ半蔵』『ぼっけもん 最後の軍師 伊地知正治』など。

今日は非番ゆえ、日がな一日ここで畑仕事ぞ。なにを言う。あの一件で随分と報奨を頂いたがあくまで陪臣身分、主家から頂く切米《きりまい》で暮らしておるゆえ、内職は欠かせぬよ。今、肥溜《こえだ》めをこさえておって臭うが、許してくれい。

敵討《あだうち》の話を聞きたい？　構わぬ。今、休もうと思っていたところよ。

あの敵討の端緒は、五年ほど前の天保五年、暮れの押し迫った十二月二十六日に江戸で起こった刃傷《にんじょう》事件であった。わしの兄で姫路酒井《ひめじさかい》家家中の江戸詰藩士だった山本三右衛門《やまもとさんえもん》が、江戸大手門下馬札そばの酒井家上屋敷にある金蔵、金部屋で刃傷に遭い、翌十二月二十七日に死んだ。なんでも宿直《とのい》明けの早朝、急ぎの手紙を持って来たと偽りやってきた男にやられたものという。その頃もうわしは酒井家国家老の本多意気揚《ほんだいきり》様の家臣であったから、江戸のことは文《ふみ》で知った。居ても立ってもいられなかったわしは、意気揚様に暇申し上げ、取るものもとりあえず江戸へ馳《は》せ参じた。

わしが江戸の土を踏んだのは翌年一月末であったが、呆《あき》れたよ。江戸の親族どもは敵討を厭《いと》うておったのだ。敵討のために江戸に参じたわしは随分邪険にされたが、三右衛門長女のりよ、その弟で嫡男の宇平《うへい》はわしの来訪を喜んでくれてな。特に宇平は、敵を討たねば家督も相続できぬと御家中から言い渡されておったそうで鼻息が荒く、わしを助太刀に迎えてお上に敵討の届けを出した。もっとも、りよは女。

江戸で留守を預かるよう言葉を尽くし、わしは宇平と共に諸国を廻《まわ》ることになった。兄を斬ったのは、酒井家中間表小遣の亀蔵なる男らしい。この男を周旋した口入れ屋の言を信じ生国という紀州にも足を延ばしたが、無駄足であった。その後、日本中を探し歩いて徒《いたずら》に一年を費やした後、名古屋でわしは切り出した。あれは確か、天保七年の五月のことであったか。

「手分けをしよう。わしは東を探すゆえ、そなたは西を廻ってくれぬか」

宇平に西国の探索を任せ、わしは江戸へと舞い戻った。その途上で、後に敵討に加わることになる文吉《ぶんきち》を抱えることになった。確か吉田宿でのことではなかったか。わしが敵討の旅の最中にあると知り、意気に感じたと言うておった。実際この男は、無賃無休で働いてくれた。

江戸へと戻ったその年の七月のことだった。あれは夕の気配迫る七つ時、わしと文吉が敵を探して両国を尋ね歩いていたところ、大橋を歩く亀蔵に行き合った。神田方面に向かうその背を追いかけ、護持院原《ごじいんがはら》ら辺に至った処で、わしと文吉とで亀蔵を虜にした。だいぶ抵抗されてな。その時にも斬り合いとなったのだが、わしは傷ひとつ負わず、かの男は口を怪我してまともに話せぬようになった。ふがふがとなにを言うておるのか判らぬ有様であったが、幾度かの誰何《すいか》の後、男は亀蔵であると身振りで認めた。わしは助太刀ゆえ、手続き上、敵討はできぬ。そこで文吉を遣いとしてりよを呼びつけ、その日のうちに敵討となった。

あとのことは、貴殿も知っておろう。りよは父の敵を見事に斬り伏せ、わしが首を挙げた。この敵討は江戸中に知れ渡り、幾度かの取り調べの後、我らは無罪放免、りよもわしも酒井家御家中よりその功を賞され、山本家は恙《つつが》なく宇平が継ぐことになった。もっとも、宇平は敵討を遂げたわけではないからすぐに隠居したがな。

聞きたいことがある？　なんなりと聞いてくれい。

文吉の生まれ？　あの男は、生まれも育ちも吉田宿、わしと共に江戸に行くまで三河を出たことがないと言うておった。

ふむふむ。宇平と手分けする際に、姫路に住んでいたわしが西を受け持たなかったのは不審ではないか、と。金に困っていたからといって、亀蔵が上屋敷の金部屋を襲うのも解せぬところよな。

左様。文吉も、ついでにいえばりよも宇平も、敵の顔は知らぬはずだ。まあ、世の敵討は往々にしてそういうもの。人相書きは顔に目立つ傷でもない限り、当てにならぬ。

なのに、なぜわしが両国橋を歩く亀蔵に気づいたか。

こう考えたらどうだ。わしと亀蔵が顔見知りだったとな。そう、わしが亀蔵を雇い、兄を殺させたのだ。

兄に恨みはない。倦《う》んだのだ。休みの日には百姓のように畑いじりに精を出さねばならぬ陪臣の暮らしにな。日陰の雑草ではなく、日向に咲く大輪の花になりたかった。最初から亀蔵は殺すつもりだった。あれを殺すことで、武士としての誉れを一身に浴びたかった。宇平を西に遠ざけたのは、功を独り占めにするためよ。もっとも、あの敵討はりよが大きく取り上げられる仕儀となり、わしは脇役扱いとなってしもうたがのう。世の中、上手く行かぬものだ。

まさか、今更それに気づく者があったとは。武功話など、得々と披露するものではないな。一つ勉強になったぞ。もう聞いてはおるまいが。

すまぬが、骨一つ帰せぬ。そこの肥溜めで腐れ落ちて貰《もら》おうぞ。

ははは、この期に及んで肥溜めか。つくづくわしは、武士ではないのだな。

オンライン
家族飲み会

横関 大

よこぜき・だい

一九七五年静岡県生まれ。武蔵大学人文学部卒業。二〇一〇年『再会』で第五十六回江戸川乱歩賞を受賞し、デビュー。二二年『忍者に結婚は難しい』で第十回静岡書店大賞を受賞。著書に「ルパンの娘」「K2 池袋署刑事課 神崎・黒木」シリーズ、『彼女たちの犯罪』『闘え！ミス・パーフェクト』『戦国女刑事（デカ）』など。

博《ひろし》（父）「……いやあ、なかなか盛り上がったな。せっかくこうして集まったんだから、何か面白いことをやらないか？　うーん、そうだな。こういうのはどうだ？　それぞれ家族にも話していない秘密の一つや二つ、あるんじゃないか。それをこの場で発表するんだよ」
昌子《まさこ》（母）「面白そうね」
七瀬《ななせ》（妹）「いいじゃん。楽しそう」
博「だろ。誰か立候補する者はいないか」
七瀬「……じゃあ私から。この話は誰にも言ってなかったけど、実は高校んとき、いじめられてたんだよね。クラスのリーダー的存在の子に目をつけられちゃってね。本当キツくてさ。本気で学校辞めたかった。朝、普通に家を出るじゃん。行ってきますとか言って。で、学校には行かないで図書館で一日中時間を潰してたことも何度かあった。二年生のときなんて出席日数ギリギリだったと思うよ。まあ今となっては笑って話せるけどね」
博「そうか。それは辛《つら》かったな。でも父さんも母さんも知ってたぞ、それ」
七瀬「えっ？」
博「学校から連絡があったんだよ。おたくの娘さんが無断で休んでるってな。だから引っ越しとかも真剣に考えた。でもお前なら乗り越えてくれるんじゃないか。そう信じてたんだ」
昌子「懐かしいわ。そんなこともあったわね。あの時期は七瀬の好物ばかりを夕食に出してたのよ。あなたが少しでも元気になることを祈って」
七瀬「そうだったの？　お兄ちゃん、知ってた？」
僕「……知らなかった」
七瀬「あれ？　お兄ちゃん、あまり顔色良くないね。もしかして体調悪いの？」
僕「全然元気だよ」
七瀬「だったらいいけど……」
博「ハハハ。裕一《ゆういち》は仕事し過ぎなんだよ。たまには日光を浴びたり適度に体を動かすのも大事だぞ」
僕「……うん」
博「じゃあ次は俺でいいよな。実はな、父さんは二十年くらい前に一度会社を馘《くび》になったことがあるんだ。裕一が中学生、七瀬が小学生の頃だったかな。あのときは焦ったよ。毎月の家賃を払うのも大変だった。いっそのこと死んでしまおうか。そう思ったのも一度や二度のことじゃない。実際に寝室の梁《はり》にロープを巻きつけてみたりもした」
僕・昌子・七瀬「……」

博「でも何とか踏みとどまった。せめて子供たちが大学を卒業するまではどうにかしなきゃと思ってな。俺はハローワークに通いつめて、半年後に何とか今の会社に就職できたんだ。どうだ？　さすがにこの秘密には驚いたんじゃないか」
昌子「知ってたわよ、私は」
博「嘘《うそ》だろ。母さん、そんな素振りは一切……」
昌子「本当よ。役所から住民税の支払通知が届いたの。ずっと給与天引きされていたはずなのに、おかしいなと思った。それでお父さんを尾行して、公園で菓子パンを食べてる姿を見て、私は確信したの。この人、会社を馘になったんだなって」
博「……」
昌子「家計も大変だったんだから。火の車どころじゃなかった。仕方ないから私は働きに出ることにした。もう時効だから言っちゃうけど、人妻専門のスナックで働いてたの。結構いいお金になったわね。夜に家を抜け出す口実を考えるのに苦労したけど」
博「……すまん、そんなことも知らずに、俺は……」
昌子「いいのよ、今となっては。それに私の再婚相手、そのときの常連さんだから。人生何があるかわからないわ。私たち家族は今は別々に暮らしているけど、たまにこうして集まって語り合う。そういう家族の形もあるんじゃないかしら」

博「そうだよな……じゃあ気をとり直して最後に裕一、お前の番だ」
僕「僕は特にないかな」
博「おいおい。何か一つくらいあるだろ」
僕「ないんだ、本当に」
七瀬「お兄ちゃんは昔から嘘のつけない性格だったもんね。そういえばお兄ちゃん、少し痩せたでしょ。ちゃんとご飯を食べてるの？」
昌子「そうよ、裕一。しっかりご飯を食べてるの？　夜は眠れているんでしょうね。まさか悪い人たちと……」
博「七瀬も母さんもやめなさい。裕一は仕事の都合でアメリカに行ってるだけなんだからな」
昌子・七瀬「……」
博「おい、裕一。達者で暮らせよ。出てきたら、おっといかん、帰ってきたら四人で飯でも食べよう。じゃあ今日のオンライン家族飲み会はこれでお開きとしようじゃないか」
男「囚人番号四百四十八番。終了だ」
僕「はい」

男「いいご家族じゃないか。家族のためにもしっかりと罪を償いなさい。次回のオンライン面会は三ヵ月後だ。予約したいなら予約票に記入するように」

ど

試験問題

直島 翔

なおしま・しょう

一九六四年宮崎市生まれ。立教大学社会学部社会学科卒業。新聞社勤務。社会部時代、検察庁など司法を担当。二〇二一年『転がる検事に苔むさず』で第三回警察小説大賞を受賞し、デビュー。著書に『恋する検事はわきまえない』『警察医の戒律（コード）』がある。

ホテル・ニューオークラの秘密の会議室に足を踏み入れるなり、円遊亭歌介《えんゆうていうたすけ》は着物の襟《えり》が浮くほどに首をすくめた。師匠の罵声が飛んできたからだ。

「十分も遅れるやつがあるか！」

「いえね、歌楽《うたらく》師匠、ボディーチェックが厳しいんですよ。この部屋に通されるまで体中触られて、高座のネタ帳まで取り上げられちまったんでさあ」

歌楽はあきれ顔をした。「だから、問題案以外は持ち込むんじゃねえって言ったじゃねえか。お前《めえ》はおれたちの責任ってもんが分かってねえ。それに、この部屋では師匠はやめろ」

「へい、師匠と私は試験問題作成委員会の委員でしたね」

「そうだ。ここは寄席じゃねえんだ」

「では、歌楽委員、ご準備はよろしいでしょうか」

「おう、その調子でやれ」

「まず時事問題からいきましょう。世界は陸も海も戦争がやばいっすよ。だから、こんなのを考えてきました」歌介はコホンと咳払《せきばら》いをして自作の問題を口にした。

「距離の単位であるマイルと海里、さて、この二つはどうちがうのか？」

「おいおい、陸と海で長さの単位が変わるってだけじゃないのか」

「ブーッ！　模範解答を申しあげやす。マイルはどこかに参るときに使い、海里はカイリ、カイル、カエル……つまり、どこかに帰るときに使います」

歌楽の顔が曇った。師匠にはどうも、自分が答えられる問題は上出来とほめ、答えられないとけなす傾向があるようだ。

「いまいちだな。そんなんで優秀な学生が選べると思ってるのか。まあ、いいや。次にいってくれ」

「それでは、数学やりますか」

「うん、楽しみだ。おれはこの任務でそれが一番の鬼門だと思っている」

そう言われて歌介は肩が重くなった。やや緊張した面持ちで問題案を発表した。

「三百円、かけることの十はいくらだ？」

「うーん、たぶん、今おれの頭の中にある数字は正解にちげえねえ。三百円だろ？」

「ピンポーン！　さすが歌楽委員です。宝くじ十枚買っても、三百円しか当たらないってわけです」

「じゃあ、次は社会にいくか。歴史から出すってことだったな」

「へい、これはとっておきですよ」

「なんだよ、もったいぶらずに早く言え」

「日本の歴史でもっとも平和に尽くした武将は誰でしょう？」

「天下泰平の世を作った武将といえば、家康じゃないか」

「ちがいまーす。みな、もとより、友……源頼朝でございます」

「ちぇっ、まあ、いいや。確かに、学生さんの非認知能力とやらは、いまの問題でも多少は分かりそうだな」

歌介は小首を傾《かし》げた。はて非認知能力とは？

言葉の意味が分からなかった。その胸中は見透かされていたようで、師匠がここぞとばかりに身を乗り出してきた。

「いいか、非認知能力ってえのはな、従来の試験のやり方では分からない能力のことなんだ。知能が高くとも頭がいいとはかぎらない。学問バカでもなくて、ほんとうに賢い人間を見《め》っけるのがおれたちの役割なんだよ」

「へー、賢い人間ですか？」

「そう、話し合いでいい案を出したり、物事を意外な角度から考えられる柔軟な頭を持った人間のことさ。ってことでよ、おれたち噺家《はなしか》に問題作りの依頼が舞い込んできたってわけさ」

「えっ、落語協会で新弟子の採用試験を始めるんじゃないんですか？」

歌楽は首を横に振り、鋭利な視線を向けてきた。「天下国家の秘密を守るため、おれはお前に嘘を言ったんだよ。そろそろ、本当のことを教えてやろう。おれたちは国家公務員の採用試験の問題を考えてるんだ。おい、ちょっとテレビをつけてみチャンネルを1に合わせると、国会中継をやっていた。牛田《うしだ》首相が本会議場で答弁に立ち、国民の所得と資産を倍にするという計画に熱弁をふるっていた。

「ほら、いま依頼主が国を変える歴史的な演説をしているところだ」

歌介は目玉をひんむいた。「えーっ、首相から頼まれたんでやすか?」

「おう、じきじきの依頼だ。何でも最近の官僚は頭が固くって、誰も自分の画期的な政策についてこられないんだと嘆いておられたよ。おい、何ぼけっとしてんだ。早く国語やれ!」

いささか茫然《ぼうぜん》としながら、歌介は考えてきた問題を口にした。

「古池や蛙《かわず》飛び込む水の音、さて、これはどんな音?」

「バショーッかあ。いいぞ、いいぞ、こりゃあ傑作だあ!」

歌介はほめそやされながら、日本という国はもうおしまいだと思った。

飯の種

蝉谷めぐ実

せみたに・めぐみ

一九九二年大阪府生まれ。早稲田大学文学部演劇映像コース専攻卒業。二〇二〇年『化け者心中』で第十一回小説野性時代新人賞を受賞し、デビュー。二一年、同作で第十回日本歴史時代作家協会賞新人賞、第二十七回中山義秀文学賞を受賞。二二年に刊行した『おんなの女房』で第十回野村胡堂文学賞、第四十四回吉川英治文学新人賞を受賞。他の著書に『化け者手本』がある。

丼《どんぶり》を手に持ち、小走りに道を進む一之助《いちのすけ》は、どうにも笑みが溢《あふ》れて仕方がない。今宵《こよい》の酒の当てに作った丼の中身、こいつがまあ、うまいのなんの。腑《ふ》を抜き背に包丁を入れて開きにし、皮ごと薄く削《そ》いでいく。タレに漬け込み丸三日、味見した刺身は頬がとろけるほどの美味《おい》しさだった。ここのところ熱い日が続いていたから、冷やしたそれがつるりと喉を滑っていく感覚も心地よい。こりゃあ丼四つじゃあ足りないかもしれねえな。一之助はへへへと同期たちの顔を思い浮かべる。

月に一度、仕事終わりにそれぞれが料理を持ち寄って、独り身の家へと押しかける同期会ももう五回目になる。階は違えど職場も住まいも皆同じ、仕事の内容も似たようなものだから、愚痴は深く頷《うなず》けるものが多い。今夜も並べた皿を真ん中に置き、囲うようにして胡座《あぐら》を組めば、「こんな異動話、受けなきゃよかったよ」と二郎《じろう》がため息混じりに口を開く。

「階が変われば前の仕事よりも楽になるかと思ったのに、とんだ見当違いだった」

この仕事を生業《なりわい》とするものは皆揃《そろ》って体格がいいのだが、二郎はひときわ体がでかい。その山なりの肩が落ちている様はなんとも哀れだ。

「噂《うわさ》じゃ一番残業が少ない階だと聞いていたが、実はそうでもねえのかい？」

一之助がそう聞くと、二郎はいや、と首を横に振る。

「確かに残業は少ないさ。だけど、仕事の内容が今までよりずっと手が込んでいるんだよ。覚えることが沢山ある」

でもよ、と口を挟んでくるのはお調子者の三吉《さんきち》だ。

「前より下の階に異動になったんなら、出世コースには違いねえんだろ。かぁー、羨《うらや》ましいねえ。こいつなんて、まだ一番上の階でちまちま切り刻んでるばかりだぜ。細切れにしすぎて上司に怒られてやんの」

「ちまちまとはなんだ。私はきちんとがつがつ切り刻んでいる」と真面目《まじめ》に答える四平太《しへいた》を笑うのも、いつもの流れだ。

「まあ、そんな上司もいねえ席だ。鬼の居ぬ間になんとやらで楽しくいこうぜ」

言って一之助がさり気なく畳の上を滑らせた丼に、箸を伸ばした三吉はおっと声を上げた。「こりゃうめえ」三吉の言葉に一之助は「熱い日にはもってこいだろ？」と口端を上げる。二郎も丼に箸を伸ばしたが、「俺はやっぱり蒸しが好きだな」と自分で持ってきた皿に箸先を変えた。

「刺身にすると筋が残るだろ。その点、蒸しはいいぜ。毛さえうまく毟《むし》ってしまえば、身も筋もほろほろになる」

「それが面倒くせえんじゃねえか」と唇を尖《とが》らす三吉は煮染《にし》めが好きだ。「全部、鍋にぶち込んじまえばいいのよ。出汁《だし》さえ良いのを使えば、どこもかしこも食えるんだから」

「ガサツなのはいけない」窘《たしな》める四平太が持ってきた炙《あぶ》りは、火の通りが均等だ。「私たちは命を頂いているんだ。食材に対して、丁寧さをもって調理すべきだ」

「そんなありがたがる食材でもねえだろ」黒光りする爪で耳穴をほじくりながら、三吉は言う。

「ここじゃあそこら中に食材が転がってるんだからよ」

そのときだ。ギャアア、と人の叫び声が外から聞こえた。続けてびしゃりと肉が地面に叩《たた》きつけられる音が響き渡り、三吉はうへえと舌を出す。

「噂をすれば、だ。また飯の種が落ちてきやがったぜ」

「この音の遠さじゃあ、ここから一つ下の階だな。焦熱《しょうねつ》地獄の金剛骨処《こんごうこつしょ》とみた」

皆で耳を澄ませると、先ほどと同じ声がヒィ、ヒィと喉を引き攣《つ》らせている。

「いや、この咽《むせ》び方は俺の管轄だ」げんなりとしている二郎を、一之助は横目で見《み》遣《や》る。

「てえことは、三階下か。今の人間は無間《むけん》地獄に堕《お》ちたのか」

「無間地獄の野干吼処《やかんくしょ》だろ。燃え上がった牙で噛《か》まれたら、ああいう声が出るのさ」

へえ、と感嘆を漏らすと、二郎は思い切り顔を顰《しか》める。

「明日は一日中、狐《きつね》の牙に油を塗りたくることになる。これだから無間地獄の責め苦は手が込んでるって言うんだよ」

残業だ、と頭を抱える二郎の前に、そっと皿を進めてやった。

人間刺身、人間蒸し、人間煮染めに、人間炙り。全ての料理を平らげれば会もお開きで、一之助たちは膝を叩いて立ち上がる。玄関の扉を開けると、目の前では地獄に堕とされた罪人たちが炎で焼かれ、体を引きちぎられて阿鼻叫喚《あびきょうかん》の様相だ。変わり映えのない仕事場の景色だが、愚痴を吐き出した体はすっきり軽い。おかげで、明日からの獄卒の仕事も頑張れそうだ。鬼の一之助は一つ大きく伸びをした。

はじめてのサイン会

綾崎 隼

あやさき・しゅん

一九八一年新潟県生まれ。二〇〇九年『蒼空時雨』で第十六回電撃小説大賞選考委員奨励賞を受賞し、翌年同作でデビュー。二一年『死にたがりの君に贈る物語』で第一回けんご大賞「ベストオブけんご大賞」受賞。著書に「花鳥風月」「ノーブルチルドレン」シリーズ、『盤上に君はもういない』『ぼくらに嘘がひとつだけ』など。

まだ自分が何者なのかも分からなかった十六歳の夏。

私は初めて小説家のサイン会に参加した。

大好きな先生のサインをもらって。同じ空間で、同じ空気を吸って。たまらなく満ち足りた気分になったことを、今でもよく覚えている。

あれから二十年が経《た》ち、今日、私は自分がサインをする側の人間になった。

私、夢野由芽《ゆめのゆめ》にとって初めての、そして、恐らくは最後になるだろうサイン会の定員は、先着百名と告知されていた。しかし、一ヵ月以上、募集期間があったのに、出版社も大々的に告知を打ってくれたのに、申し込み者はわずか十七名だった。

大勢の大人たちに囲まれ、自分一人だけが席に座り、書籍に為書きとサインを入れていく。

参加者はたった十七名だ。一人一人と雑談しながら進めていっても、あっという間に終わるだろう。

みじめな気持ちを覚えないと言えば嘘《うそ》になる。だが、それよりも、何よりも、主催者である書店と、このサイン会を企画した編集者に、申し訳ない気持ちでいっぱいだった。

「夢野さん。実は私、電子書籍でも買って、サイン会の前に読んできました！」

イベントの参加条件は、三日前に発売された書籍をこの書店で購入することだ。

つまり彼女は同じ本を二冊買ってくれたということになる。

「大きな声では言えないですけど、あの言葉に共感しました。『センスは腐ることもあるから、下らない音楽は聴かない方が良い。でも、小説はたとえ面白くなくても学びがある』って」

「すみません。自分なんかが大それたことを……」

「自信を持って下さい。夢野さんの感性を私は支持します！」

小説家のサイン会に参加する読者は、女性が多いらしい。だが、今日は性別にも年齢にも偏りがなかった。

「初めまして。鹿熊弘道《かくまひろみち》です。お会い出来て光栄です」

お客さんの中には、壮年の男性もいた。

「夢野さんには何度も勇気をもらいました。これからも活動を応援しています」

私は自分に需要があるなんて考えていない。それでも、どうしても開催したいという編集者の強い声を受け、批判も覚悟の上で、このイベントに臨むことにした。

皆が励ましや感謝の言葉をかけてくれたが、自分がそれに値する人間だとは思えない。既に本は発売されているし、編集者と書店員が熱心にイベントを企画してくれたことも理解している。だけど、自分なんかが本を出して良かったんだろうかという気持ちが、やっぱり今でも拭えない。

　最後の一人は、まだ十代にも見える痩身の男性だった。

「客は俺で最後ですか」

「そうみたいですね。お越し頂き、ありがとうございました」

「このイベントを知った時は、耳を疑いました。企画した人間に怒りを覚えたし、のこのこと出てきたあなたのことも軽蔑しました」

　冷めた眼差《まなざ》しが突き刺さり、胸の温度が一度下がる。

「でもね。すぐに気付きました。結局、醜い嫉妬なんです。斜陽の出版業界が、話題になりそうな企画を考えて、書店まで巻き込んでイベントを実施した。だけど、どうせ俺みたいな人間には関係ない。このイベントを知って腹が立ったのも、いつものように自分は無視されると思ったからだ」

　今日、私は、誰に何を言われても受け入れるつもりでいた。関係者からの批判であれば、どんなに辛辣《しんらつ》な言葉でも真摯《しんし》に耳を傾けようと考えていた。

「自分の名前を見つけた時は、本当に驚きました。俺みたいな無名の三流作家をどうやって知ったんですか？　何とか二冊上梓《じょうし》したけど、売上はどちらも悲惨だったし、感想なんてろくに見かけなかった。批判を受けるなら、まだ良い。でも、誰も読んでいないんです。それなのに、あなたは……」

「私、その作家にしか書けない本を読むのが好きなんです。だから先生の本も」

気付けば、彼の目尻にうっすらと涙が浮かんでいた。

「ずっと、読者なんて関係ねえって、俺が良いと思うものを書くだけだって、理解出来る奴にだけ刺されば良いって思ってた。でも、デビュー作も、三年間書き直しをさせられた二作目も、まったく売れなくて。編集者と営業に、もうお前にチャンスは与えないって言われて、心が折れた。俺が素晴らしいと信じたものは間違っていたんだって。誰にも届かないんだって思い知らされた。だけど、夢野由芽さんがいた。SNSですら本の感想を見かけないのに、長文で、あんなに丁寧に読み込んで……。夢野さん、ホームページを開設してから、三年間、一日も休まずに更新していますよね。毎日、一冊ずつ、あの熱量で感想を上げていたから、こうしてまとめて書籍になった。でも、こんな未来が待っているなんて想像していなかったはずだ。どうしてそんなに頑張れるんですか？」

「だって、先生たちの本が好きだから」

「俺の本は、あなたが感想を書いた千冊の中の一冊でしかありません。それでも、救われました。だから、ここに来た。本の感想を書いてもらった小説家だけが参加出来る、このサイン会に」

美味しいラーメンの作り方

七尾与史

ななお・よし

一九六九年静岡県生まれ。第八回『このミステリーがすごい！』大賞の最終候補作となった『死亡フラグが立ちました！』で二〇一〇年にデビュー。著書に「ドS刑事」「ランチ刑事の事件簿」「偶然屋」シリーズ、『死神医師』『東京プレデターズ　チャンネル登録お願いします！』『全裸刑事チャーリー』など。

トラックが目の前に迫ってきた。

顔を上げるとラーメンの湯気が目に入り込んできた。いつの間にかカウンターに突っ伏していたらしい。

――怖い夢だったな。

「記念すべき百杯目だ」

厨房《ちゅうぼう》に立っている父親の茂雄《しげお》が顎先でラーメンを指した。

「百杯目？　今日オープンしたばかりじゃん」

時計を見ると午後四時を回っている。「麺どころシゲオ」は今日の午前十一時に開店した。ミチも立ち寄ってみたが客どころか閑古鳥すらいない。

「食べないのか？」

なんの変哲もないただの醤油《しょうゆ》ラーメン。

ミチはスープを口に含んでみた。実は父親のラーメンを口にするのは今回が初めてである。

「ところでこれは何杯目だ？」

「百杯目じゃないの。そう言ってたじゃん」

そもそも客も来てないのにそんな数になるわけがない。オープン前の試作品もカウントされているのだろうか。

「いや、お前が食べた父さんのラーメンだよ」

「初めてだよ」

「そうか……。それならいいんだ」

茂雄はわずかに引きつった笑みを向けた。

「ねえ、感想聞きたい？」

「ああ、頼む」

茂雄が神妙な表情でうなずいた。

「あんまり美味《おい》しくない。醤油の味が濃すぎる」

半年後には店をたたんでいる父親の姿が脳裏に浮かんでくる。

「今度もダメかぁ……前は薄すぎるって言ったじゃないか」

茂雄が嘆息しながら肩を落とした。

「誰が？」

茂雄はそれには答えず「そろそろ時間じゃないのか」と投げやりな口調で言った。

「なにが？」

「バイトの面接があるんだろ」

近くのコンビニでバイトの面接を受けることになっている。

「なんで面接のこと知ってんの？」

茂雄にそのことを話した記憶がない。しかし彼は理由を答えなかった。

「気をつけて行ってこい。三丁目の交差点が近道だ」

「え？　あそこは工事中だよ。今週いっぱいかかるって工事の人が言ってた」

迂回《うかい》する道順は複数あるがいずれも遠回りだ。

「工期が早まって実はもう開通してるんだ」

「そうだったんだ、サンキュ」

店を飛び出そうとするミチを茂雄が呼び止めた。振り返ると彼はいつになく真剣な眼差《まなざ》しを向けている。

「人生は何度でもやり直しがきく。夢があるなら諦めるな」

「なに言ってんの。そんなこと言ったらお父さんのラーメンだって何度でも作り直しがきくよ」

食材や調味料やそれらの配分を変えていけば、いつかは美味しいラーメンになる。人生はトライ＆エラーの繰り返しだ。

「百一杯目の味見も頼む。今度はもう少し醬油を薄めておくから」

ミチは親指を立てると今度こそ店を飛び出した。父親の言うとおり三丁目の交差点は開通していた。駆け抜けようとしたところでデジャブに襲われた。目の前に飛び込んでくるトラック。

瞼《まぶた》を開いて顔を上げるとラーメンの湯気が目に入った。

「これで五千七百三十八杯目だ」

時計を見る。午後四時を回っていた。

「食べないのか？」

なんの変哲もない醬油ラーメン。ミチはスープを口に含んでみた。

――えっ、マジ？

「ところでこれは何杯目だ」

父親のラーメンを食べるのは初めてのはずであることを告げる。

「ねえ、感想聞きたい？」

「ああ、頼む」

父親が神妙な表情でうなずいた。

「こんな美味しいラーメン食べたことがない！　すごいよ、お父さん。絶対に繁盛するよ」

半年後には支店を立ち上げる父親の姿が脳裏に浮かぶ。「よっしゃあ！」

茂雄がガッツポーズをとる。

「よかったね、お父さん」

「ミチ、五千七百三十八回も味見をありがとう。お前の役目はこれで終わりだ。もう何度も死ぬことはない。これから面接だろ。三丁目の交差点だけは絶対に渡るなよ」

大

古地震学教授

伊与原 新

いよはら・しん

一九七二年大阪府生まれ。東京大学大学院理学系研究科博士課程修了。二〇一〇年『お台場アイランドベイビー』で第三十回横溝正史ミステリ大賞を受賞し、デビュー。一九年『月まで三キロ』で第三十八回新田次郎文学賞を受賞。著書に『ルカの方舟』『ブルーネス』『八月の銀の雪』『オオルリ流星群』『宙わたる教室』など。

ほこりをかぶった長持の中から、今にも破れそうな和紙の束を慎重に取り出していく。古文書の取り扱いには、いつまでたっても慣れない。

「大学の先生ってことは、おたく教授ですか？」家主の男が言った。

「いえいえ」私は手袋をはめた手を止めて、苦笑いする。「准教授ですよ。うちの教授に言わせれば、昇格するにはまだまだ研究業績が足りないそうで」

「ああ……」と家主は微妙な表情を浮かべ、物置の奥から大きな行李《こうり》を引きずってくる。「親父《おやじ》のコレクションが入っているのは、あとはこの中かな。亡くなってももう七年になりますし、いい加減処分しようと思ってたんですよ」

「そうでしたか。その前にうかがえてよかった」

「大した価値もない、こんな古文書が地震予知に役立つなんて、夢にも思っていませんでしたから」

「具体的にどう役立てているのかは、実は我々研究者にもわからないんですよ。少しでも関係がありそうなデータなら何でもかんでも学習して、そこから何かパターンを見つけ出すのが、ＡＩというやつでしてね」

十五年におよぶ開発期間を経て、「地震・火山噴火予測統合システム」が実用化されたのは、去年のこと。世界最高峰の人工知能群が、地震活動や地殻変動はもちろん、気象、磁場、重力、地下水、火山ガスなどの環境データ、さらにはネット上に流れる市民の主観的な観察コメントまでをも収集し、専用に開発されたアルゴリズムを用いて地震と火山噴火の発生予測を出す。

運用しているのは危機管理庁と、私もメンバーとなっている政府の地震調査研究推進本部、そして火山噴火予知連絡会だ。M（マグニチュード）5以上の地震についてはこの一年間で、「〇〇地域で〇週間以内にM〇クラスが発生」という直前予知に近い予測情報を四回発表し、いずれも的中させている。

予測の精度をさらに上げるため、AIに過去の地震データを時代をさかのぼってどんどん学ばせているのだが、その指揮をとっているのがうちの教授だった。データの収集範囲は古文書に残された古地震記録にまでおよび、ネットや古今東西のアーカイブを探索してその文書の在《あ》り処《か》を突きとめる。実際にそこへ足を運んで現物を見つけ出すのは、私の役目だ。

「あった、これだ」長持の底から、紐《ひも》で綴《と》じられた帳面が三冊出てきた。表紙に大きく〈御用日記〉とあり、その横にはかろうじて〈長濱《ながはま》〉の文字が読み取れる。

「何ですか、それは」家主が訊《き》く。

「『長濱家文書』といいましてね。長濱家は、今の高知県土佐市にあった大きな庄屋です。この日記のどこかに、一八五四年に起きた安政南海地震の詳しい記録がのっているらしいんですよ。どれぐらい揺れたか、前震や余震はどうだったか、津波はどこまで来たか、地形や井戸水に変化はあったか、などなど」

「安政南海地震というのは、大きな地震だったんですか」

「ええ。百年から二百年ごとに起きている南海トラフ巨大地震の一つですから、貴重なデータになるわけです」

　家主の父親は土佐市で中学校の社会科教師を務めた人物で、趣味で古文書を買い集め、郷土史を研究していた。妻を亡くしたあと病気がちになり、長男であるこの息子が東京へ呼び寄せたそうだ。父親は、これだけは捨てられないからと言って、歴史の本と古文書のコレクションを丸ごと持ってきたのだという。

　確認のため表紙の写真を撮り、教授のもとへメッセージとともに送った。教授からはすぐに「その文書で間違いない」との返事がきた。

「それにしても」家主が一冊手に取って言う。「よくそんなものがここにあるとわかりましたね。息子の私も把握してなかったのに」

「昔、ブログというのが流行《はや》った時代がありましてね。ウェブ上に書く日記のようなものです。お父上の郷土史研究仲間と思《おぼ》しき方が、ブログの中でこの『長濱家文書』のことに触れていたんですよ。その情報をうちの教授が掘り出してきたんです」

「なるほど」家主はページをめくって眉根を寄せる。「しかし、何が書いてあるのかさっぱりわかりませんな。おたくはこういうのが読めるんですか」

「いえ」私はかぶりを振った。「私はごく平凡な地震学者ですから、数式が並んだ論文ぐらいしか読み解けません。くずし字の翻刻は、もっぱらうちの教授が。古文書にかけては、だてに経験を積んでいませんからね」

車に古文書を積み込み、調査が終わり次第返却すると約束して家をあとにした。

一時間のドライブで大学の研究室に帰り着くと、さっそくオートスキャナーを立ち上げて、一冊セットする。

デスクの端末にログインするとすぐ、人工知能群を構成するＡＩの一つが合成音声で訊いてきた。

「『長濱家文書』か。全部で何冊ある？」

「三冊です」と私は答えた。「翻刻をお願いします、教授」

焼きそば

新川帆立

しんかわ・ほたて

一九九一年米国テキサス州生まれ。東京大学法学部卒業後、弁護士として勤務。第十九回『このミステリーがすごい！』大賞を受賞した『元彼の遺言状』で、二〇二一年デビュー。著書に『競争の番人』『先祖探偵』『令和その他のレイワにおける健全な反逆に関する架空六法』『縁切り上等！ 離婚弁護士 松岡紬の事件ファイル』など。

夢の話は馬鹿がすると言いますが、私は馬鹿者ですから、ここはひとつ、夢の話をしましょうか。

一階の山田《やまだ》夫妻を殺したのは、お隣の幹人《みきと》くんですよ。まだ十五、六歳の少年が、包丁でぐさりぐさりとやっていましたよ。ええ、間違いありません。だって私、二階から一部始終、ジッと見てましたから。

正確にはね、二階ではなく天井裏からですがね。奥の間のきしんだ床板を外すとね、真っ暗な空洞が広がっております。二階の床下、一階の天井裏にあたるスペースですね。

私、暗いところが好きですから。この空洞に入って、いつも丸まってるんですわ。でも暗いところにいると、明るいものを見たくなる。コタツでアイスを食べるような感じでね。だから天井裏に穴をあけて、そこから一階の台所をジッと見るのが日課なんです。

奥さんは、一本の大根を切るのに、合わせて二十四回刃を入れる。それが、どんな大きさの大根でも二十四回。ゴボウを切るのには十六回。ニンジンを切るのには十二回。実に数学的な奥さんなんですよ。

いつも一定だから面白味はないんだけど、一応の習慣として数えている。医者にはおやめなさいと言われるんですがね。でも「お好きなことをのんびりやりなさい」とも言われますから。好きにさせていただいているんですね。

で、山田夫妻。彼らはね、正直、私、好きではなかった。いつも私の悪口を言う。あの家だって私の叔父のものですよ。私が二階にいることを条件に、山田夫妻に格安で貸してるわけです。それなのに恩知らずなものです。

旦那の仕事は営業マンです。血液がサラサラになる水とか、胸が大きくなるクリームとか、そういうのをね、売ってるんです。私のところにもね、肌がきれいになる蜂蜜を買えと言ってきたりします。いらないと言うと「けちな病人。金だけはあるくせに」とか言い残してね、一階に下りていく。いつものことです。

幹人くんは良い子です。高校一年生にしては小柄で、なで肩で首が長くて、色白でね。暗いところでパッと見ると、底光りする幽霊みたいですよ。口数は少ないね。隣の家に住んでると言うけど、不思議と往来で見かけたことがない。ふらっと家にやってきては、「おじさん、元気？」って声をかけてくれる。優しい、優しい、実に良い子。

だから私もね、チョコレートとか、ポテトチップスとかを用意して、出してやる。けれども、「僕は大丈夫」と言って、口をつけないんです。

え？　そんな少年は存在しない？

先生、ちゃんと調べましたか。へえ……調べたけど、隣は空き家だと。でもいいんです。彼はもう、どこかに無事、逃げたんでしょう。

幹人くんは病弱なお母さんと二人暮らしでした。看病も家のことも、全部一人でやっている。そんなところに、一階の山田夫妻がずかずかとあがりこんできて、モノを売りつける。人の良いお母さんは押しに負けて、買ってしまう。それで今月の食費もなくて困ってるって言うんですね。

気の毒でしょう。うちにある食べ物を持っていきなと言っても、「大丈夫」の一点張り。むしろね「おじさん、ちゃんと食べてる？　母さんより痩せてて、怖いよ」って、こちらを心配してくる始末。

彼はうちの冷蔵庫を開けてね、戸棚から包丁を出して、古くなりかけた食材をパパッと切って、炒めて、作ってくれたんだ。焼きそば。これが実にうまかった。ちょっと濃い目の味つけで。キャベツともやしと中華麺と。豚肉じゃなくて、ソーセージ。あるものだけで、ササッとね。

「うまい、うまい」と食べてるのを、幹人くんはニコニコしながら見てるんだ。きっと彼も腹を空《す》かせてるだろうに、どうしてこんなに優しいんだろう。そう思うと涙がポロポロ出てきた。

「おじさん」幹人くんは正座をしたまま、私の目をのぞきこんだ。「おじさんが犯罪をしたことになっても、たぶん無罪だよね？」

「心神なんたらってやつで、減刑はされるだろうな」

「それならよかった」頬をふっと緩めて可愛《かわい》らしく笑い、フライパンからまた、焼きそばをよそってくれた。

その焼きそばが、うまいんだな。

ええもちろん、これは夢の話ですよ。なんで夢の話をわざわざしたかって？　そりゃ、私が馬鹿者だからでしょう。

犯行にはうちの包丁が使われたみたいですね。それで私は捕まった。いえ、先生。無罪の主張なんてしなくていいです。私が犯人ということに、しておいてください。後にも先にも、私に焼きそばを作ってくれたのは彼だけでした。突き詰めて考えると、私が犯人なのは、あの日食べた焼きそばがうまかったからでしょうな。

筋肉は裏切らない

紺野天龍

こんの・てんりゅう

一九八五年東京都生まれ。二〇一八年、電撃小説大賞応募作「ウィアドの戦術師」を改稿・改題した『ゼロの戦術師』でデビュー。著書に「錬金術師」「幽世の薬剤師」シリーズ、『エンドレス・リセット 最果ての世界で、何度でも君を救う』『シンデレラ城の殺人』『神薙虚無最後の事件』など。

男、御堂筋肉太郎《みどうすじにくたろう》、四十二歳――我が世の春が来た。

「ナイスバルク！　ビッグブラザー！」「キレてるよ！　親の大胸筋が見てみたい！」「そこまで仕上げるために眠れない夜もあっただろう！」

一身に降り注ぐ大声援。俺は次々にポージングを決めてそれらに応えていく。さらに沸き上がる乗客たち。もはや俺だけのワンマン筋肉リサイタルだった。

今日に至るまでの過酷な日々が脳裏を過《よぎ》り、知らず一筋の涙がこぼれ落ちた。

親の気まぐれで、『肉太郎』などという変な名前を付けられた子ども時代、俺は身体《からだ》が弱くみんなからいじめられていた。

ガリガリに痩せていたのに『キンニク』などとあだ名を付けられ、身体が大きいだけの奴《やつ》らに、よく殴られた。怪我《けが》なんてしょっちゅうだったし、病院送りにされたことだってある。

そんな奴らを見返したくて、俺は筋トレを始めた。

筋肥大のためには、過酷なトレーニングと過食が必要だった。毎日毎日、涙を流しながらトレーニングに励み、吐く寸前まで胃袋に食物を押し込める。彩りや潤いとは無縁の、地獄のような日々。

何度もも止《や》めたいと思った。こんなにつらいならば死んだほうがマシだとさえ思った。

それでも歯を食いしばって、あらゆる負荷に耐え続けた。

やがて身体の奥底から筋肉が産声を上げた。努力が必ずしも報われるとは限らないこの理不尽な世界で、筋肉だけは決して裏切ることなく、明確な結果を俺の肉体に宿していく。

それがとても嬉《うれ》しくて、さらなる努力に励み——その果てに、俺はギリシアの英雄ヘラクレスをも超える鋼の肉体を手に入れた。

俺の筋肉はたちまち各方面で絶大な評価を得、そしてついに日本一の筋肉を決める大会『日本ボディビル選手権』への参加を認められたのだった。

大会はいよいよ明日行われる。俺は、現地に向かうための飛行機に乗っていたのだが……。


「ぜ……全員動くなぁ！」

離陸から三十分ほど経過した頃だろうか。狭い座席に肥大化した自慢の大臀筋《だいでんきん》を押し込め、窮屈に耐えていた俺の耳に、甲高い男の震え声が届いた。

俺は破壊せんばかりに手すりに体重を預けながら、通路前方へ顔を覗《のぞ》かせる。

通路の先に、ひょろりとしたスーツ姿の男が立っていた。男の手には、拳銃のようなものが握られている。

まさか——ハイジャックだろうか。さすがの筋肉にも緊張が走った。

「ぜ、全員ここで私と死んでもらう……！　わ、悪く思うな……！」

震える両手で銃を握りしめながら、男は叫んだ。怯《おび》えはあったが、男の目には激情が覗いている。俺と同じ、覚悟を決めた男の目だった。

乗客の間に動揺が走った。ざわめきは伝播《でんぱ》し、次第に大きくなっていく。

このままではパニックが起こる——。そう直感した俺は、拘束具《シートベルト》を外して立ち上がった。

途端、ピタリと喧噪《けんそう》が止む。俺の筋肉の威容に抗《あらが》える人間など存在しない。

俺は、ランウェイを歩くように、音もなく通路を進み、男の前に立ちはだかった。

男は俺の肉体を見て言葉をなくしていたようだったが、すぐに銃口を心臓に向け叫ぶ。

「く、来るな！　こいつはオモチャじゃない！　3Dプリンタで作った本物だぞ！」

「馬鹿な真似《まね》は止《よ》せ」俺はゆっくりと諭すように言う。「大方、つらいことがあって自暴自棄にでもなっているのだろう。だが、ハイジャックなどをしてもおまえの悲しみは癒えない」

「う、うるさい！」悲痛な声で男は喚《わめ》く。「確かに自暴自棄だ！　私は仲間に裏切られてすべてを失った！　もうお終《しま》いなんだよ！　あんたを殺すことだって容易《たやす》い！」

「――やってみろ」俺は心臓の位置する大胸筋を親指で示す。「ここだ、よく狙え」

男は、一瞬意味がわからない様子でぽかんとするが、すぐに顔を真っ赤にした。

「ふざけやがって……ッ！」

激昂《げきこう》した男は躊躇《ちゅうちょ》なく引き金を引いた。俺はフロント・ダブルバイセップスで受ける。

裂帛《れっぱく》の気合いとともに怒張する大胸筋。瞬間的に鋼の強度を持ったそれは、傷一つ負うことなく発射された弾を床に転がした。鍛え上げられた筋肉の前には、豆鉄砲など無力だった。

「ば……馬鹿な……」信じられないものでも見たように男は呆然《ぼうぜん》として腰を抜かした。

「――筋肉は、裏切らない」俺は男に告げる。「どれほどの裏切りに遭おうとも、己の筋肉だけは裏切らない。筋肉だけはいつだっておまえの味方だ」

え、と男は俺を見上げた。俺は屈《かが》み込み、男の肩に優しく手を置く。

「罪を償ったら、俺の元へ来い。その心と身体を徹底的に鍛えてやる」

「ア……アニキ……！」

やがて男は滂沱《ぼうだ》の涙を流しながらその場に頽《くずお》れた。そして――。

「大胸筋が歩いてる！」「肩メロン！」「お母さん、今夜のメニューはカレーに決まり！」

ハイジャック犯を窘《たしな》め、乗客の命を救った俺を称《たた》える声は鳴り止まない。

気分よくそれらの声援に応えていた俺の耳に、ポーン、という機内放送の合図が響いた。

『お、お客様の中に飛行機の操縦経験のある方はいらっしゃいませんか……？』

途端、機内は水を打ったように静まり返った。どうやらハイジャッカーは操縦席ですでに悪さをしていたようだ。当然、乗客から名乗り出る者は現れない。

万事休すか――。俺は死を覚悟して、走馬灯のようにつらかった人生を振り返る。

そのとき筋肉が一度だけピクリとわなないた。「行け」と、唯一無二の相棒が背中を押した気がした。

それだけで覚悟が決まる。俺は何も言わずに、操縦席へ向かって歩みを進める。

飛行機の操縦経験などあるはずもなかったが……筋肉が俺に期待してくれているのだ。

決して俺を裏切らない筋肉《あいぼう》の期待。俺だって――筋肉は裏切れない。

指輪物語

京橋史織

きょうばし・しおり

一九七二年徳島県生まれ。お茶の水女子大学生活科学部卒業。会社員時代に第三十九回NHK創作ラジオドラマ大賞に入賞した後、ラジオドラマや舞台などの脚本を手掛ける。二〇二一年『午前0時の身代金』で第八回新潮ミステリー大賞を受賞。二二年、同作でデビュー。

「これ、不幸をもたらす指輪なんです」

　女性は左手薬指につけたダイヤモンドの指輪をそっと掲げ、小さくため息をついた。宝石を売りにきたのが後ろめたいのか、こんな風にちょっとした口実をつける女性は多い。宝石やブランド品を買い取り、付加価値をつけて転売するのを商売とするこちらとしては、私的事情などどうでもいいのだが。

「あの、おいくらくらいで買い取っていただけるんでしょうか？」

「まずは、指輪をお見せいただけますか？　ダイヤといいましても、品質に幅がございますので」

　柴崎剛《しばざきつよし》はポケットから鑑定用ルーペを取り出しながら、やんわりと応えた。

　黒真珠のような大きな瞳《ひとみ》を伏せて、女性が机上《きじょう》のチラシに目をやった。

「買取価格三割アップ」という赤文字が躍っている。年中うっている広告だが、客の目を引くには効果的らしい。ほとんどの人が宝石の買取価格の基準などわからない。鑑定結果を論理的に述べつつ低めの価格を提示して、計算機で三割プラスしてみせれば、たいがいの人は満足そうにうなずくものだ。

「もちろん、このキャンペーンも適用させていただきますので」

　女性はふっと頬をゆるめたものの、婚約指輪にまだ未練があるのだろう。右手で指輪を愛《め》でるように撫《な》でている。

柴崎は、遠目に指輪を眺めた。ほっそりとした指に、ラウンドブリリアントカットのダイヤが光っている。数学者でもあったベルギーの宝石職人が、光学的特性をもとに、ダイヤが最も輝くように計算して生み出したと言われるブリリアントカットは、婚約指輪では定番の形だ。

「素敵な指輪だ」

柴崎のお愛想に、女性はぱっと顔を輝かせた。

「婚約者がオーダーメイドで作って、プレゼントしてくれたんです」

「いいですね。大きくて高価そうだ」

調子よく甘言《かんげん》を重ねた。オーダーメイドだからといって、高品質なダイヤで作られているとは限らない。柴崎のような宝石職人なら、キュービックジルコニアなどの合成石を使って、ダイヤと見分けがつかない指輪を作ることも可能なのだ。早く鑑定させてほしい。

「でも、この指輪をもらってから、いいことないんですよ」

彼女は急に顔を曇らせた。

「飼っていた猫は、心疾患《しんしっかん》で急に死んじゃったし、仕事の帰り道でバイクに撥《は》ねられて骨折したし」

「それは重なりましたね」

「それだけじゃないんですよ。家に空き巣が入ったんです。たいしたものを持っていたわけじゃないけど、亡き母親からもらった両親の婚約指輪とか、慶弔用の真珠のネックレスとか、形見のものまで全部なくなってしまって。思い出まで盗まれたんです……」

こみ上げる感情を抑え込むように、彼女は言葉をきり、唇《くちびる》を引き結んだ。

勘弁してくれよ、と内心毒づいた。世の中には、似たような不運話は腐るほどあるし、身近でも聞いたことがある。

「ホープダイヤのようですね」

柴崎は努めて明るくいった。

「ホープダイヤ？」

「所有者は必ず不幸に見舞われるという伝説のブルーダイヤモンドです。かの有名なマリー・アントワネットも、ホープダイヤを所有している時に、フランス革命で処刑されたそうです。現在は、アメリカのスミソニアン博物館に所蔵されていますよ」

「そんなダイヤがあるんですか？」

「ええ。ですから不運が続くようなら、手放した方がいいかもしれませんね。まずは鑑定してみましょう」

柴崎の促しで覚悟を決めたのだろう。彼女はうなずくと、指輪をはずして差し出した。やっと誘導に成功したようだ。

柴崎は白い手袋をつけ、指輪を受け取った。ルーペをかざし、指輪に見入る。

だが、一眼でわかった。これは模造品だ。それもひどく精巧な。しかし——。

「いかがですか？」

なにか察したのか？　彼女が柴崎の顔を覗《のぞ》き込んだ。

「申し上げにくいのですが、この指輪、ダイヤではないようですね」

「やっぱり」

取り乱すかと思いきや、意外な反応が返ってきた。彼女が白い封筒を差し出した。

「これ、その指輪と一緒に、妹が残した遺書なんです」

「遺書？」

「気付きませんでした？　外出先から猫の様子を見るために設置していた室内カメラがそのままだったんですよ。婚約指輪までもらって信頼しきっていた彼氏が、こっそり合鍵を作って盗みを行い、そのまま疎遠《そえん》になったことにショックを受けて、妹は……」

黒真珠のような瞳から一気に光が消えた。彼女がバッグに手をやった。

「どうしても、自分で見つけたかった」

取り出したのは、磨き抜かれた鋭利なナイフだ。思わず、指輪を握りしめる。

「それ、不幸をもたらす指輪なんです」

超短編!

計算上
正確に
分解された屍体

北山猛邦

きたやま・たけくに

一九七九年生まれ。二〇〇二年『「クロック城」殺人事件』で第二十四回メフィスト賞を受賞し、デビュー。著書に「城」「少年検閲官」「名探偵音野順の事件簿」「猫柳十一弦」シリーズ、ゲーム「ダンガンロンパ」のノベライズシリーズ、『私たちが星座を盗んだ理由』『千年図書館』『月灯館殺人事件』など。

　二人の刑事が、ある博士のもとを訪ねた。

「先日、空き巣の常習犯を捕まえたところ、数日前に博士の研究室に忍び込んだと白状しまして……何も盗まずに逃げたと本人は云《い》っているんですが、一応、被害状況を確認するために伺った次第で」

「空き巣？　そいつはまったく気づかなかったな。盗まれたものは特にないようだが」

「するとその空き巣の云うことは信用して構わない、というわけですね？」

「同じことを二度云わせるな。私は忙しいんだ」

「では手短に済ませましょう。実はその空き巣が、博士の研究室でとんでもないものを見たと証言しているんです」

「ほう？」

「バラバラ屍体《したい》です。あなたの研究室には大型の冷凍庫がありますよね？　空き巣はそれと気づかずに扉を開けて、そこに氷漬けの屍体が転がっているのを見たと云うんです。しかも腕や足、胴体に至るまで、細かくブロック状に切断された状態で、まるで積み木のように並べられていた、と。それで恐ろしくなって何も盗《と》らずに逃げ出したそうです」

「そんな与太話を信じて、わざわざ来たのかね？　ばかばかしい」

「与太話、ですか。それはそうと、博士の研究室に所属している若い女性が一人、数日前から行方不明だそうですね？」

「実家に帰ったと聞いているが、まさかその屍体が彼女だった、なんて考えているんじゃあるまいな。そんなくだらない妄想をしている暇があったら、真面目《まじめ》に仕事をしたまえ」

「仕事と云えば……博士のご専門は宇宙工学だそうですね。宇宙工学というのは、具体的にどういうことをするものなんですか？」

「ちょうど今、私の設計した人工衛星が、宇宙に旅立ったところだ」

壁に掛けられた大型モニタには、白い尾を引いて青空に消えていくロケットの姿が映し出されていた。

それは博士にとって七個目の人工衛星だった。民間企業による宇宙開発が当たり前となった今、軽くて丈夫で、しかも安価な小型人工衛星の設計は、重要な課題となっていた。博士はその専門家であり、人工衛星の設計から組み立て、積み込みまでを大企業から一任される立場にあった。

今回の人工衛星も、ある企業から、丸投げされたものだった。博士はそれを機に、これまでの設計を改め、衛星本体の重量を従来のものより五十キロ軽量化することに成功した。しかし、このことを企業には報告しなかった。

博士には、ある計画があった。

女性研究員の一人が、自分との関係を妻に告げ口すると云い出したので、彼女を殺害することにした。その屍体を人工衛星とともに宇宙に打ち上げて、証拠隠滅を図ろうという計画だった。

彼女の体重は五十キロ。血液を処理すると四キロほど減る計算だが、代わりに固定用の蠟《ろう》を注入することで元の重さになる。人工衛星の重量を切り詰めたのは、屍体を載せるためだった。なおそのままの状態では屍体はかさばるため、正確にサイズを測って、四十四個のパーツに分解する必要があった。そうすることで、人工衛星を包むカプセルの隙間に、パズルのようにぴったりと嵌《は》め込むことができる。空き巣が目撃したのは、その処理過程の屍体だろう。

思わぬ目撃者は現れたが、しかし計画は成功した。屍体と人工衛星を包むカプセルは滞りなくロケットに格納され、ほんの数分前に宇宙へ旅立った。ロケットには他に複数の企業が相乗りで人工衛星を載せているが、それぞれ格納用のカプセルに覆われているため、たとえその中の一つに屍体が詰め込まれていたとしても、誰一人気づかない。すべては計画通り。

今頃、大気圏外でカプセルが展開し、人工衛星が軌道に乗った頃だろう。同時に、四十四個に分解された屍体が、宇宙をさまよい始めた頃だ。

今から捜査したところで、何もかも遅い。まぬけな顔でモニタを眺める刑事たちを、博士は内心で嘲笑う。完全犯罪の成立だ。屍体はもう、手の届かないところにあるのだから。

モニタには、今回が初参入となる企業の管制室が映し出されていた。重役や研究者たちが、打ち上げ成功に手を叩《たた》いて喜んでいる。動画サイトでライブ中継をしているのは、その企業だけだった。

『それでは我が社初となる人工衛星に取り付けたカメラに映像を切り替えてみましょう』

すると歓喜の声が一転して、悲鳴に変わる。

青々とした地球を宇宙から見下ろす映像。

その右隅に、恨みがましい目でこちらを覗《のぞ》き込む女の顔が映り込んでいた。

クールビューティ

佐川恭一

さがわ・きょういち

滋賀県生まれ。大阪府在住。京都大学文学部卒業。二〇一一年『終わりなき不在』で第三回日本文学館出版大賞ノベル部門を受賞し、デビュー。著書に『舞踏会』『シン・サークルクラッシャー麻紀』『清朝時代にタイムスリップしたので科挙ガチってみた』『ゼッタイ！ 芥川賞受賞宣言 新感覚文豪ゲームブック』など。

クールビューティが病的に好きだった。

なぜこんなにクールビューティが好きなのかよくわからないが、小学校一年生の時にはすでにそうだった。アニメやドラマでクールビューティ感のある人物が出てくると夢中になった。現実でもっとも私の理想に近いのは菜々緒《ななお》だが、私はさらに自分の理想を突き詰めて究極のクールビューティを可視化すべく、少し前から絵画教室にも通っている。最近では掘り出し物のクールビューティを見つけようと高価な一眼レフを買って、駆け出しのグラビアアイドルたちの撮影会に参加し始めた。とにかくクールビューティというものへの執着が抑えられないのだ。

これはもしかすると、大阪のうるさすぎる家庭で育った反動かもしれない。母は本当にお喋《しゃべ》りで、それもお笑い芸人のトークのように山場を作って話してくるので、子供ながらに疲れたものだった。短時間のテレビならいいが、日常生活でずっとその調子だと正直つらい。母のトークショーに父や妹が加わると、いつも的確なガヤが入ってさらに盛り上がってしまうので、本当に地獄だった。私以外はそれを「笑いの絶えない明るい家庭」だと思っているのだ。父は母と結婚した理由を「出会った女性で一番面白かったから」と言っていた。私は全部大阪が悪いのだと思っている。

大人になり就職してからも、会社でクールビューティと噂《うわさ》される人間が現れるたび、実物を確かめずにはいられなかった。しかしこれまで、私の基準を満たす人間は現れていない。そもそもビューティというよりはキュートだとか、ビューティだが人柄が田舎のお婆ちゃん並に温かいとか、そんな理由だ。私はそうして五年以上観察を続け、この会社にクールビューティは存在しえないと結論付けた。そもそも、採用時点で最低限愛想のいい人間を選んでいるのだろう。しかし同僚たちは納得しなかった。社内はクールビューティだらけだと言うのだ。大体彼らはクールビューティを「目の覚めるような美人で最初は取っ付きにくいがだんだん心を開いてくれ、ふとした瞬間に見せる優しさや意外なドジがキュンとくる」といった感じで定義していたが、一体それのどこがクールなのだ？

私は同僚たちに対して、丁寧に真のクールビューティとは何かを説いていった。あなたがたはクールビューティというものを都合よく歪曲《わいきょく》している。真のクールビューティは、あなたがたを相手にすることはない。真のクールビューティが隙を見せたり心を開いたりするのは、完全無欠の自分をも夢中にさせてくれる圧倒的な容姿や内面の魅力を有し、また家柄や財力も申し分ない嵐の櫻井翔《さくらいしょう》のような人間だけだ。あなたがたに「優しさ」や「ドジ」を感じさせているようでは、到底クールビューティとは呼べないよ……

彼らは憤激した。「俺は確かに櫻井翔にはなれないが、櫻井翔も俺にはなれない！」などと意味不明のことを言って怒る者もいた。そして、僕の態度にしびれを切らした一人の同期が啖呵《たんか》を切ってきた。

「お前今年入った秘書課のミキティ知らんやろ？　今度呼んできたるわ。そんなに言うんやったら、完璧なクールビューティを見せたるわ！」

後日、僕は彼らの食事会に呼ばれ、ミキティと酒を酌み交わした。確かに見た目は文句なしのビューティで会話も無愛想、気品の漂う仕草と男たちになびかない様子はクールそのものであった。私たちと彼女とでは、まるで下品なギャグ漫画と美麗な恋愛漫画ぐらい画風が違う気がした。生きている世界が別なのだ。しかし、なぜこの女はこんな場所についてくるのだ？

僕たちが二次会のカラオケに行こうとすると、ミキティが「あ、それだったら私の友達がやってるスナック行きません？」と提案してきた。ミキティは普通に帰ると思っていたので意外だったし、嬉《うれ》しかった。店に入ると派手なギャルがいて、「ウィー！　貸し切りにしといたよ！」とウインクした。そして僕たちが三、四曲歌った頃、ミキティはブルーハーツを入れ、突然テキーラを一気に五杯続けて呷《あお》ったのである。

「えっ、大丈夫？」

みんなが心配する中、ミキティは猛スピードで服を脱いで下着姿になり、長い黒髪を歌舞伎ばりに振り乱してリンダリンダを歌い始めた。

「いや、ちょっと、ミキティて！」

周りが止めようとすると、ミキティは据わった目で「ルッセーんだよ！」と絶叫し、ブラジャーを外してソファに投げつけた。

「ヒロトの魂は剝《む》き出しなんだよ、飾りなんていらねえんだよ！」

剝き出しの甲本《こうもと》ミキティにみんなは震え上がり、「ヤッベ！　ややこしいことならんうちに帰るぞ！」と言って店から逃げ出した。ぼうっとしていた僕も少し遅れてそれに続く。その時、僕はミキティのリンダリンダに生命そのものの躍動を感じ、長く持ち続けたクールビューティへの憧れを粉砕されていたのだ。

走りながら後ろを振り返ると、閉じようとする店のドアから、薄桃色のかわいいパンティが弾丸のような速度で飛び出すのが見えた。

おとうちゃん

万城目 学

まきめ・まなぶ

一九七六年大阪府生まれ。京都大学法学部卒業。二〇〇六年、ボイルドエッグズ新人賞を受賞した『鴨川ホルモー』でデビュー。著書に『鹿男あをによし』『プリンセス・トヨトミ』『偉大なる、しゅららぼん』『とっぴんぱらりの風太郎』『悟浄出立』『バベル九朔』『ヒトコブラクダ層戦争』『八月の御所グラウンド』など。

今となって思い返すと、彼女はあまりよい母親とは言えなかったかもしれない。父に対して、彼女はいつも怒っていた。

毎晩、酒を飲んで会社から帰ってくる父と喧嘩《けんか》しては、

「もう、無理。あの人とはいっしょにはいられない」

と翌日も怒りが収まる様子がない。

私と弟が居間でテレビゲームをしていると、

「もしも、おかあちゃんがおとうちゃんと別れたら、アンタたちどっちについていく？」

なんてことを急に訊《たず》ねてくる。

小学生の頃は、本当に二人が別れるなんてことになったら嫌だと思ったし、弟が不安そうな顔で「おかあちゃん、出ていってしまうの？」と訊ねてくるたびに、「大丈夫」と自分の願望を含めてなだめたものだが、中学生にもなるとこの展開にも慣れてきた。

「今度こそ、別れる。おかあちゃん、出ていく！」

べろべろに酔っ払った状態で会社から帰ってきて、そのまま玄関で眠ってしまう父に対し、愛想を尽かした母が叫んでも、私も弟も特別反応することなく、自分の部屋に戻っていく。

父は酒が好きだが、酔って暴力を振るうなんてことはなく、ただ、ひとりでいい気分になって寝てしまうタイプだった。休日も昼過ぎにお宝鑑定番組が始まるあたりから酒を飲み、早々にテレビの前でいびきをかいている。

「おとうちゃん！」

とその尻を母が本気で叩《たた》く。母は父に相談したいことがあった。エアコンの室外機の調子が悪いこと、パートの仕事を変えようか迷っていること、実家の土地の相続問題のこと、歯の治療のこと、習い事の先生と折り合いが悪いこと、いつか春の北海道ツアーに行きたいこと。でも、母の前で父はいつも酔っ払っている。

「アンタの好きにやりなさい」

父はいつも母にそう言った。

あの人は酔っ払って難しい話が理解できない、だからいつも逃げる、と母は怒った。

結局、母は最後まで父とまともに話をすることができなかった。

会社からの帰り道、駅の階段を下りる途中、父の頭蓋骨の内側で血管が突然、破裂した。

定年まであと二週間、母はついに父との対話の時間を持てるはずだった。一カ月に一度まで頻度を上げていた「今度こそ別れる」の叫びも、いったんリセットされるはずだった。だが、先に別れを告げたのは父で、置いていかれたのは母だった。

それから、母は変わった。

父のことを「あんなかわいそうな人はいない」と言って、半年間、毎日涙した。

仏壇の前で手を合わせ、「おとうちゃん、北海道いっしょに行きたかったね」とあれほど忌み嫌っていたお酒の瓶を供えた。

彼女のなかで、長年怒りとストレスの対象だったはずの父はいつの間にか、別の存在へと昇華したようだった。

父の死から十年経《た》っても、

「さびしい」

と母はその不在を悲しんだ。

そんな母の姿を十代後半からの多感な時期、ともにそばで見守り続けたからだろう。その後、弟がロボット工学の学者になり、私はＡＩ人工知能の専門家になったとき、

「『おとうちゃん』を作ろう」

と意見が一致したのは、当然の成り行きだった。

日本で弟は父の身体《からだ》を作った。私はアメリカで父の頭脳を作った。ちょうどその頃、法律が改正され、故人のＡＩ人格のインストールが認められたことで、「おと

うちゃん」は最高水準の再現度を誇る介護用ロボットに仕上がった。

完成された「おとうちゃん」が搬入される様子を、私は弟から送られてきたリアルタイムの映像で確認することができた。

「おとうちゃんが、生き返った」

見た目が似すぎるとかえって違和感を与えるという弟の主張に従って、外見は無個性な統一規格の介護ロボットだが、その声色や、受け答えの癖や、間合い、歩き方、仕草に、母の記憶を呼び覚まさせるための工夫を万全に凝らした。一方で、似ていない部分もある。何より、「おとうちゃん」は酒を飲まない。母の話もずっと聞いてくれる。

翌日、弟から映像メールが届いた。

モニターにひと晩を過ごした母の様子が映し出される。

「おとうちゃん、よかった。朝になっても、いなくなってない。夢じゃなかった」

真心がこもった母の声に、私は目頭が熱くなるのを感じた。

「これまで、ずっとおとうちゃんに話したかったことがあるの」

ああ、母の願いがようやく叶《かな》う、と口元に笑みを浮かべていた私は、顔の筋肉はそのままに次の瞬間、「ひゅっ」と変な具合に息を吸いこんだ。

「お願いだから、私と別れてください」

真実は瞳に

加藤シゲアキ

かとう・しげあき
一九八七年生まれ。大阪府出身。青山学院大学法学部卒業。NEWSのメンバーとして活動しながら、二〇一二年『ピンクとグレー』で作家デビュー。二一年『オルタネート』で第四十二回吉川英治文学新人賞、第八回高校生直木賞受賞。著書に『閃光スクランブル』『傘をもたない蟻たちは』『なれのはて』など。

グレゴール・ザムザは予期しないかたちで巨大な虫になるという不条理な運命を辿《たど》ったわけだが、しかし夢から目覚めれば別種の生き物になっているというのは、最高の喜びじゃないか？

こんなろくすっぽ良いことなんてない人生、いつ終わったっていい。三浪して入った大学の授業は退屈だし、友達はいないし、いいなと思った女子からは必ず侮蔑の目を向けられる。就活もうまくいかないし、家族は離散状態だし、バイト先もクビになった。でも誰も悪くない。悪いのはなにもできない愚鈍な俺なのだ。

こんな人生はいつ終焉《しゅうえん》してもいい。その方がみんなもありがたいだろう。生きているだけで迷惑な存在というのはいるのだ。それこそ、害虫のような。

ただ死ぬのは怖い。痛いのも嫌だ。そういうわけで、だらだらと怠惰な生活を送り続けている。もはや害虫にでもなれた方が、生きがいがあるような気さえしてくる。

あまりの金欠で、大学の授業をサボってパチンコ店に入った。するとまさかの大当たり。信じられないほど玉が出てくる。人生最高の日だ。

自宅に帰っても興奮で海物語の音楽が鳴り止《や》まない。ベッドに潜って瞼《まぶた》を閉じてもなお、目の前を魚たちが泳いでいく。タコ、ハリセンボン、アンコウ、カニ、サメ、カメ……生まれ変わるならどれがいいか、なんて考えてみる。海はさぞかし気持ちがいいだろう。こんな狭い家よりは絶対に。

そうして海のことを思いながら眠りについたが、夢に見たのは広漠のサバンナだった。

眩《まぶ》しく照りつける日差しの下、熱く乾いた地面を俺は信じられない速度で低く駆け抜けていた。自ら風を裂く音が耳元で鳴り、視界に映る景色はあっという間に後ろに流れていく。力などどこにも込めていないのに、まるで脚が六本あるような疾走感だ。なんという快感。鈍足の自分がこれほどのスピードを出せるなんてまさに夢――。

いや、これは夢ではない。光景も、匂いも、音も、皮膚に感じる温度も、どれもがあまりに現実的だった。

思わず足元に目をやる。そこにはトウモロコシのような色の毛に黒の斑点がいくつも並んでいた。そこに同じ柄の動物がやってきて並走する。

スマートな肉体。厳《いかめ》しくも鋭い目鼻立ち。開いた口から覗《のぞ》く牙は尖《とが》り、ざらついた舌がわずかに震えている。それは端麗な容姿を持つ、世界最速といわれる哺乳類だった。

なんと！　俺は虫ではなく、チーターになった！

止まると、隣のチーターもそうした。それから彼は薄っすらと微笑《ほほえ》んだ。ネコ科は単独行動が基本のはずだが、どうやら友がいるらしい。

彼は遠方に目を向ける。視線の先ではガゼルが群れをなしていた。

友がうなずくやいなや、猛スピードで走り出す。知らず知らずのうちに自分も彼に続いて全力疾走し、ガゼルを目指していた。二匹のチーターに気づいたガゼルたちは一斉に散らばっていく。その自分たちから離れようとするガゼルの姿に、優越感が一気に膨らんだ。怯《おび》える瞳。必死に逃げる様。奴《やつ》らは俺に慄《おのの》いている。

これまでの人生、見下すような目線しか浴びてこなかった。そんな俺が畏れられるなんて。自分を馬鹿にしてきたあいつらも、今なら一瞬で首を噛《か》みちぎれるだろう！

ガゼルはどうにか逃げ切ろうとするが、この俊足には敵《かな》わない。逃げ遅れた一頭に狙いを定めると、友とふたり、さらに足のスピードを上げてガゼルに飛びかかる。そのジャンプの高さたるや、羽でもあるのかと錯覚するほど。

ガゼルは抵抗するが、二匹のチーターに首を噛まれているせいでうまく呼吸ができない。必死に足をよじらせて暴れるもやがて倒れ、窒息した。俺と友はガゼルにむしゃぶりつき、口元を赤く汚す。

広大な自然で、仲間とともに強者として生きる悦《よろこ》び。これまで感じたことのなかった感動が全身に滾《たぎ》っていく。あぁ、俺が人生に求めていたのはこれだったのか。

しかし、そううかうかもしていられない。血の匂いを嗅ぎつけ、数匹のジャッカルが近づいてくる。捕らえたガゼルを横取りしようという算段だろう。追い払おうと威嚇するが、ジャッカルたちは離れようとしない。まったく煩わしい奴らだ。遠くからハイエナも向かってくる。あいつはかなりやっかいだぞ。

それでも俺は逃げない。今の俺は万能感で満たされている。血の一滴でもよこしてやるものか。かかってこい。打ちのめしてやる。ハイエナとジャッカルを交互に睨《にら》んでいると、空中から一匹の鷲《わし》が滑空してくる。くそっ、そっちからもか。

鷲は一直線にガゼルを目指している。そうはさせない。その羽を食いちぎって、二度と飛べないようにしてやる。

ガゼルの前に立ち塞《ふさ》がるも、鷲は怯《ひる》まない。相手は俺の鼻先を攻撃しようと、顔に向かってやってくる。ならば、そのクチバシを捕らえてやろう。

まもなくだ。そして襲いかかろうとした瞬間、鷲の羽ばたきで土埃《つちぼこり》が舞う。思わず目を瞑《つぶ》る。うっ。やっちまった。これはまずい。抗《あらが》いたいが、目をなかなか開けられない。

やばい。どうする。落ち着いたところで、そっと目を開ける。

なぜか俺は空にいた。地上では二匹のチーターがガゼルを貪りながら、ジャッカルとハイエナを牽制《けんせい》している。

身体《からだ》を捻《ひね》って目線を変えると、そこには先ほどの鷺がいた。その瞳に、クチバシに咥《くわ》えられた一匹の虫が映る。えっ、と思ったときには俺はもう鷺の口の中にいた。

身代金

桃野雑派

ももの・ざっぱ
一九八〇年京都府生まれ。帝塚山大学大学院法政策研究科世界経済法制専攻修了。桃ノ雑派の名義でゲームシナリオライターとしても活動。二〇二一年『老虎残夢』で第六十七回江戸川乱歩賞を受賞してデビュー。他の著書に『星くずの殺人』がある。

指定された廃工場は、昼間の猛暑が閉じ込められていたかのように、蒸し暑かった。

月明かりしかない薄暗さの中、突然スマホらしき光源がこちらに向けられる。目を細めれば、一五メートルほど離れた場所に、男達のシルエットが確認できた。一人は長身のロン毛で、もう一人のオフィスチェアに縛られているのが……。

「あなた？　あなたなの？」

「美和子《みわこ》、か？　金……持って、来たか」

「勝手に喋《しゃべ》るんじゃねえ！」

怒声に身がすくみ、身体《からだ》中にできた青あざが痛む。飛び出そうになる悲鳴を堪《こら》えるため、ロンTの袖口を握りしめた。

どうして私がこんな目にと、涙がこぼれそうになる。思えば、ずっと他人に振り回されっぱなしの人生だった。今回もそう。札束の詰まったボストンバッグが公園のベンチに落ちてるなんて、怪しいに決まってる。なのに、警察に届けず拾って帰ってくるなんて。我が夫ながら、考えの浅さに閉口する。

でも命がかかってる以上、今回ばかりはぼやいて済ますわけにはいかない。

大丈夫。落ち着いてやれば、失敗しないはず。今は冴《さ》えないパート主婦だけど、大学時代はマラソンの全国大会で準優勝したんだから。努力が報われることを、私は知ってる。

「おい。持って来た金をそこに置いて下がれ」

ロン毛に命令され、慎重に頷《うなず》き返す。相手は平気で人を攫《さら》うような奴だ。夫の身体には、逆光の中でも、暴行を受けた痕が見て取れる。対応を間違えるわけにはいかないと、ボストンバッグをきつく胸に抱きしめた。

「あの、でも、その……渡す前に、謝らないといけないことが。このお金、ちょっとだけ使っちゃったの」

ロン毛が目を瞬《しばたた》かせたのが分かった。

「はあ？　使っただあ？」

「だって、急いで家を出たから財布忘れちゃって。それに、タクシー代払わないと、降ろしてもらえなかったし」

「分かってんだろうな。金をパクっただけでもぶっ殺してやるところなのに、勝手に使っただ？　ただで済むと思ってんのか！」

「仕方がなかったの。でも、後で知られるよりは、今伝えた方が良いかなと思って。夫には、二度と馬鹿なことしないよう言って聞かせる。何でもかんでも拾って来ちゃ駄目だって。だから――」

「金を使ったのはてめぇだろうが！」

ロン毛が夫を殴りつけ、鈍い音とくぐもった呻《うめ》き声が響いていく。背筋がぞくっとして、足というよりは太股《ふともも》の付け根が震えた。

「使ったのはいくらだ。タクシー代以外にも、がめてんじゃねえだろうな」

「一万円札だけ。あ、おつりは、ポケットに――」

「ポケットに手ぇ入れるんじゃねえ！　出せ！　手を出せっつってんだろ！」

怒りの声が届いたときには、ロン毛の手にナイフがあった。ケーキにでも突き刺すように、夫の太股が簡単に貫かれる。野太い悲鳴が廃工場中にこだました。

「あなた！　あなた！」

「これで本気だって分かったか？　余計なことは一切するな！」

「ひいい！　痛い！　痛い痛い！　助けてくれ、助けてぇ」

首元にナイフが突きつけられ、さすがの夫も泣きじゃくる。

「ぎゃああ！　痛い！　やめてくれ！　ナイフ、食い込んでる！　馬鹿美和子！　余計なことするな！　黙って言うこと聞けよ！　誰に養ってもらってると思ってんだ！　本当にお前は使えない女だな！」

夫の言葉に、思わず笑ってしまいそうになった。この状況で誰がお前の命を握ってると思ってるんだ。

「大丈夫よあなた！　どうせハッタリよ！」

相手の顔なんてハッキリと見えないはずなのに、表情が強張《こわば》るのが分かる。

「こっちがポケットに手を入れただけでビビる、腰抜けチキン野郎よ！　全部ブラフに決まってるじゃない！　まともに働くこともできない中途半端な奴に、殺しなんて根性据わったこと、できっこないんだから！　できるもんなら、やってみなさいよ！」

「アマァぁぁぁぁ！」

完全に裏返った奇声と同時に、再度ナイフが夫の太股を突き刺した。引き抜けば、動脈が傷つけられたのか、漫画かアニメのようにぴゅっと血が噴き出す。命に関わる大怪我《けが》だけど、感情がぐちゃぐちゃになりすぎて、ついに吹き出してしまった。

こんな簡単に、計画通りいくなんて！　心の中で叫んで踵《きびす》を返す。

これだけ距離が空いてれば、待たせてあるタクシーまで、余裕で走って逃げられる。後は警察に、お金の受け渡しに失敗して、夫が殺されたと告げればいい。

急に走ったせいで、また青あざが痛み出す。でも、もう二度と殴られないで済むと思うと、心から晴れ晴れとした気分だった。

富士山のように

宮島未奈

みやじま・みな
一九八三年静岡県富士市生まれ。滋賀県大津市在住。京都大学文学部卒業。二〇二一年「ありがとう西武大津店」で「女による女のためのR－18文学賞」大賞、読者賞、友近賞をトリプル受賞。同作を含む『成瀬は天下を取りにいく』でデビュー。

優子《ゆうこ》の自宅に心当たりのないレターパックが届いた。差出人は小学校から高校まで一緒だった同級生の茉莉《まつり》である。

一瞬ためらった後、手で封をバリバリ開ける。入っていたのは一冊の単行本だった。表紙に書かれた川崎《かわさき》茉莉という著者名を見て、優子は息を呑《の》む。

茉莉は小学生の頃から小説家になりたいと言っていた。本に巻かれた帯には「新たな才能、鮮烈のデビュー作！」と書かれている。どうやら夢を叶《かな》えたらしい。茉莉は結婚して大谷《おおたに》茉莉になっているが、旧姓を筆名にしたようだ。

単行本にはかわいらしい富士山のイラストが入った一筆箋が添えられていた。中学生の頃から変わらない茉莉のくせ字が懐かしい。

久しぶり！　急にごめんなさい。
このたび小説遠雷新人賞を受賞して、小説家デビューしました！
小さな頃からの夢が叶って、すごくうれしいです。
ぜひ読んでほしいので送ります。

小説のタイトルは『富士山のように』。表紙に描かれた富士山は向かって右側に宝永山《ほうえいざん》が突き出た形で、故郷の富士山をモデルにしていることがわかる。

優子は本にブックカバーをかけた。かつての友人の大事なデビュー作である。表紙をめくると、ご丁寧に為書きを添えたサインが入っていた。

帯に書かれたあらすじによると、富士のふもとに生まれた藍里《あいり》という女が、同級生の康介《こうすけ》を長年想い続けるストーリーらしい。茉莉自身の体験をモチーフにしていることは明らかだ。康介のモデルであろう坂口良輔《さかぐちりょうすけ》のことも優子はよく知っている。

小学校の児童会長を務めていた康介は、全校朝礼のときに富士市民憲章の序文を読み上げる担当だった。康介が「富士に生きるわたくしたちは、歴史と伝統をうけつぎ、明日にむかって、豊かな産業と文化のまちづくりをすすめるため、ひとつ」と読み上げると、全校児童は「富士山のように 広く 思いやりの心をもち たがいに助け合います」と唱和する。序文を淀《よど》みなく諳《そら》んじる康介の姿を見て、藍里は恋に落ちた。

藍里は一途《いちず》に康介を想い続け、中学二年生のときに初めて告白する。しかし康介は藍里の告白を受け入れなかった。

勉強が得意な康介と同じ高校に通うため、藍里は猛勉強する。入試当日、インフルエンザに侵された藍里だったが、なんとか答案用紙を埋めて合格。高校に入学して再び告白するも、康介は首を縦に振らない。

藍里は志望大学も康介に合わせる。東京の有名大学をそろって受験したところ、藍里だけ合格してしまう。康介は滑り止めで受験した京都の大学に進み、二人は離れ離れになる。しばらく音信不通になっていたが、富士市の成人式の日、ロゼシアターの階段で再会を果たす。

社会人になってからも藍里はアプローチを続けるが、康介の気持ちは動かない。最終的に藍里は康介への想いを断ち切り、別の男と地元で結婚。富士のふもとで生きていく決心をする。

ストーリーはほぼ事実だった。藍里の親友である葉子《ようこ》はおそらく優子がモデルになっている。恋に悩む藍里を優しく包み込む存在として描かれているが、現実の優子は良輔のことばかり話す茉莉に辟易《へきえき》していた。別の男と結婚すると聞いたときには心底ほっとした。

結婚が区切りになったように、茉莉からの連絡は途絶えた。こうして夢を叶えて、良輔への想いも昇華できたことだろう。

ただ、ひとつだけ優子が把握していないエピソードがあった。作中、藍里と康介は一度だけ体の関係を持つ。実話なのか創作なのか気になるところだが、確認するすべはない。

「何読んでるの?」

ベッドに入ってきた夫が尋ねる。

「なんてことない、ただの恋愛小説」

夫の名前が入ってなければメルカリで売れたのに。優子は本を閉じて、良輔に抱きついた。

二十三時、
タクシーは西麻布へ

麻布競馬場

あざぶけいばじょう

一九九一年生まれ。著書に『この部屋から東京タワーは永遠に見えない』、共著に『本当に欲しかったものは、もう Twitter 文学アンソロジー』がある。

「あ、紗彩？　平日の遅い時間にいきなり電話してごめんね。さっき森田さんから連絡来てさ、これから二人で西麻布に来れないかって。ね、めっちゃ急だよね！　もうお風呂入っちゃったし、昨日の飲み会のせいで二日酔いだし、マジでタイミング最悪。でもギャラは相当出してくれるっぽいから悩んでるんだよね。あ、行ける？　嬉《うれ》しい！　そしたら一緒に行こ〜！　これから準備してタクるから、二十三時過ぎには着けると思う。今日の相手はユーチューバーとプロ野球選手だって、最近そんなのばっかり」

　そう言って私は電話を切った。着圧タイツを脱ぎ、ふわふわの部屋着も脱ぎ、ウォークインクローゼットの手前側にまとめて掛けてある戦闘服たちの中から、とびきり露出の多いものを選んで手に取る。こういう定番が結局客たちのウケが良いということを、私はあの街で嫌と言うほど学んできた。西麻布や南青山あたりで貰《もら》ったギャラでこの手の服を買い、それを着てまた西麻布や南青山に行くのだから、私はまるで回し車を必死で回しているハムスターみたいだと思って、誰もいない家賃二十八万の白金高輪の清潔な1LDKマンションで小さな声を出して笑った。

　私は都会のハムスターだ。都会で生きるために高時給の肉体労働をやっている。東京では息をしているだけでもお金がかかる。家賃が要る。交際費が要る。交際のための服代やアクセサリー代が要る。ぐるぐるぐるぐるぐる。どうせハムスターなら、とびきり金持ちな飼い主に買われて、とびきり美しく回し車を回してやりたい。私の体が冷たく白い照明を浴びるのを見たとき、誰もが「美しい」と溜《た》め息を漏らす。そのうえ私は、その美しい体をおそらくは全国屈指の素晴らしい技能によって美しく動かし、狂おしいほどの興奮と快楽を客たちに与えることができる。アプリで配車したタクシーは夜の明治通りを音もなく走る。運転手は私に話しかけてこないし、私の顔なんて十五分後には忘れているだろう。私は東京のそういうところが好きだ。昼間は警備会社で甲斐甲斐《かいがい》しく事務作業なんかに従事している私が、日が暮れるとこんな仕事をしているだなんて、きっと誰も気付かないだろう。

森田さんと私の付き合いは長い。もう六年目になるだろうか。赤坂のワインバーで友達と二人で飲んでいたら、友達がお手洗いで席を立った隙を狙って私に声をかけてきたのだった。「綺麗《きれい》な体だね」と、私の腕や足を視線で舐《な》めまわしながら森田さんはいつも言ってくれた。「アンダーグラウンドであの人のことを知らない人なんていない」だなんて、いつだったか森田さんに呼ばれて行った会で同業の女の子が偉そうに言っていた。でも確かにその通りなのだろう。森田さんがどこかから連れてきた様々な職業の、しかし例外なく激しい興奮状態にある男たちの首にこの白い腕を回してやったりするだけで、私はこの街で偏差値六十五くらいの暮らしをやっていけるくらいのお金をたった一晩で手にすることができた。その代わり、決して楽な仕事ではない。夜の仕事のことは恋人や両親に言えるはずがない。私の体のあちこちに、男たちの汚い汗や唾液が染み込んでいるだなんて——。

今夜も目的地から少し離れた場所でタクシーを降りる。あちこちの肌に心地よい夜風を浴びながら歩く時間は、私にとってはこれから向かう場所をなるべく人に知られないための業務遂行上必要なコストなんかではなく、むしろひどく幸せな時間だった。六本木通りやその上を走る首都高から発せられる排ガスのにおいの混じった夜の東京のひんやりとした、そして汚い粉塵《ふんじん》なんかがたっぷり含まれているであろう空気を、私は胸いっぱいに吸い込む。私はせめて誰よりも美しい、そして何があっても負けないくらい強くたくましいハムスターとして、この東京でカラカラと回し車を回すしか生き方を知らないのだ。それでいい。

「殺せぇー！」「絞めろ絞めろ！」……そして私は今夜も古いビルの地下で、高い入場料を払ったおじさんたちが発する歓声や罵声を金網越しに浴びながら、「ストリート最強」を自称する男性ユーチューバーにリアネイキッドチョークをかけていた。彼の口からだらしなく垂れてきた涎《よだれ》が、人生の大半を薄暗く黴臭《かびくさ》い柔道場で費やしてきた私の真っ白な、しかし丸太みたいに太い腕に触れたかと思うと、ようやく彼はコトンと落ちた。鳴り響くゴングの中、私はリングの中央で勝利の雄叫《おたけ》びを上げる。寝技から抜けられないよう気前よく露出され、今にも爆発しそうなほどに隆起した全身の筋肉たちが、頭上から降り注ぐハロゲンランプを浴びて宗教画のように影を纏《まと》う。「ああ、本当に美しい……」と、この地下格闘場のオーナーにして熱狂的な格闘技オタクである森田さんはほとんど昇天しそうな声を上げた。きっと今日もファイトマネーを弾んでもらえるだろう。四角い金網をくぐりながら、カポエイラ世界最強と名高い紗彩と入れ替わりに銃声みたいな破裂音を伴うハイタッチをして、去年のホームラン王と彼女の戦いが始まるのを私は固唾《かたず》を呑《の》んでじっと待った。

※本作品はフィクションであり、登場する人物・団体・事件等はすべて架空のものです。

大どんでん返し
ロゴデザイン　岡本歌織（next door design）
本文デザイン　川谷デザイン
本文イラスト　岡野賢介

小学館文庫
好評既刊

超短編！ 大どんでん返し

小学館文庫編集部 編

ISBN978-4-09-406883-2

わずか４分で、世界は大きく反転する!?　アイドルの握手会で列に並んだ／ご主人ですと言って白木の箱を渡された／目の覚めるような美少女がドアの向こうに立っていた／妻を殺した容疑で取り調べを受けた／花火の夜、彼女が来るのを待っていた／幽霊が出るという屋敷を訪ねた……。日本を代表するミステリー作家がわずか「2000字」に仕掛けたまさかの「どんでん返し」！　忘れられない衝撃のトリックや心を満たす感動のラストなど、魅力満載の30編をお届けします。通勤・通学の途中に、家事の合い間に、スマホ代わりに手に取ればあなたは必ずだまされる!!

小学館文庫
好評既刊

超短編！　ラブストーリー大どんでん返し

森　晶麿

ISBN978-4-09-407199-3

１話わずか４分！　古今東西・老若男女の恋愛を凝縮し、全てに驚愕の仕掛けを施した珠玉のショートショート集。セルマは伝説のギター弾き・佐木山を愛していた。彼の暴力によって別れた二人は数年後、再会の時を迎え……。《ジャンゴリウムにて》／慣れないネクタイ姿で僕は式場に向かう。あの時、事故に遭わなければ彼女は……。《ネクタイ》／ある日、街に隕石型カプセルが墜落した。中にいた脳死状態の女性は〈エヌ〉と名付けられ一躍有名に。それを聞いた僕の恋人・ノアは急に怒り出し……。《Re:girl》など、読めば必ず驚くこと間違いなし、超絶技巧の31編。

――本書のプロフィール――

本書は、「ＳＴＯＲＹ ＢＯＸ」２０２１年６月号から２０２３年９月号に掲載された同名シリーズの作品をまとめ、文庫オリジナルで刊行したものです。

小学館文庫

超《ちょう》短《たん》編《ぺん》！ 大《だい》どんでん返《がえ》し Special《スペシャル》

編者 小学館文庫編集部《しょうがくかんぶんこへんしゅうぶ》

二〇二三年十二月十一日 初版第一刷発行

発行人 庄野 樹

発行所 株式会社 小学館

〒一〇一-八〇〇一
東京都千代田区一ツ橋二-三-一
電話 編集〇三-三二三〇-五九五九
販売〇三-五二八一-三五五五
印刷所 ――― 大日本印刷株式会社

この文庫の詳しい内容はインターネットで24時間ご覧になれます。
小学館公式ホームページ https://www.shogakukan.co.jp

Printed in Japan
ISBN978-4-09-407319-5